沖縄戦遺族の声

野村正起

はじめに

日本が太平洋戦争に敗れて連合国に対し無条件降伏したのは、一九四五年八月一五日であった。

爾来日本は、戦勝国や被害国側への配慮と、非軍事化を強調する国民感情も考慮して、自国の戦没将兵に対する慰霊の祭事を控え目にし、遺族側もこれに同調して来た。

我が国に於ける戦没将兵に対する慰霊の行事としては、一九六三年から毎年八月一五日の終戦の日に、政府主催で挙行されている「全国戦没追悼式」が在るのみである。

以上のような経緯の下でも、我が国では太平洋戦争に関する出版物が数限りなく刊行されて来てはいるが、一部の例を除いて、戦没将兵の遺族の悼みを書き纏めたものがあることを私は知らない。

この戦没将兵の遺族の悼みを書き残して置くべきであるとの思いから、私は自分に送られて来た遺族からの手紙の一部を公表することを決意した。

私は沖縄で壊滅した船舶工兵第二十六連隊（暁一六七四四部隊）の元兵士であるが、部隊の戦没者遺族から寄せられた百六通に上る手紙を保管している。いずれもその遺族の悲嘆が、帰還した私の心を強く補らえて来たからである。

この手紙の殆どが、故人の戦死の模様を尋ねて来たものだが、生前の思い出や、残された親族たちの境遇・経過などを細く書き添えて来ているものもある。

また中には、私の手記『沖縄戦敗兵日記』（太平出版社刊）のなかにある記述を見て現地調査を決意し、故人の戦死の場所や、埋葬の地を捜し当て、感動して書いて来ているものもある。

私はこの私に寄せられた遺族の手紙を整理して、故人との経緯やその最期に就いて知るところを書き纏めてみることにした。

手紙を書き写すに当たっては、原文を尊重して努めて修正せず、ただし句読点は入れ、旧漢字は出来れば新漢字に換え、必要のない部分は省略することにした。

なお手紙を書き写して公表することに就いては、一応手紙を書いた本人や親族の意向も訊いて置くべきではとも考えたが、数年前までの手紙の人達には了解を得たものの、それ以前の人達には連絡も取り難いので、許される行為であると推断し、発表することにした。この点、寛恕を請う次第である。

ともあれ戦没将兵遺族の手紙には、遺族の生の声が出ている。戦争を忌み平和を愛する人間の真情が綴られている。敢えてその実態をここに訴えんとするものである。

二〇〇一年八月　記

沖縄戦遺族の声／目次

沖縄戦遺族の声

沖縄戦と船舶工兵第二十六連隊

本題に入る前に前置きとして、沖縄戦と船舶工兵第二十六連隊のことに就いて、その概要を述べて置きたい。

沖縄戦は、一九四五年三月に、一千数百隻の艦船で沖縄に押し寄せて来た五十四万八千の米軍と、沖縄を死守する日本軍九万六千四百（陸軍八万六千四百、海軍一万）が撃突し、最後の勝敗を決した戦いである。

戦いは、三箇月の激戦の果てに日本軍が壊滅し、終熄した。

沖縄本島は、南北百三十キロ、東西四キロ〜十六キロの細長い島である。北部は山岳地帯で、中南部は平地に恵まれている。主戦場となったのはこの中南部であった。

当時の人口六十万のうち、二十万は台湾と本土に疎開して、四十万の住民が島内に残っていた。

日本軍の戦死者は、正規軍が八万九千四百、戦闘協力者が、五万九千九百八十二で、戦場に巻き込まれて死亡した住民が、九万四千七百五十四といわれている。

一方、勝った米軍の戦没者も、一万二千五百二十で、これまでの日本軍を相手に勝利を得て来た太平洋諸島間の戦闘の犠牲でも、最高の数であるといわれている。

沖縄は本土決戦を企図した日本軍の前哨的基地で、守備軍主脳はそのことを強く意識して、麾下将兵に、住民に、多大の犠牲を強制して来た。

しかし、沖縄失陥後の日本は、八月六日に広島へ、その三日後に長崎へと原爆を投下されて、戦争の継続を断念。連合国に無条件降伏した。

沖縄の犠牲に就いては、今更のように考えさせられるものがある。

船舶工兵第二十六連隊は、一九四四年六月二十四日、和歌山で編成された部隊である。いわゆる大発動艇（速力十一ノット〈時速二十キロ〉自動車一台、人員七十名を搭載できる）を以て、敵前上陸・撤収作戦・輸送業務・揚陸作業などを任務とする特殊部隊で、編制人員は千二百五十六名（長佐藤小十郎少佐）であった。

開戦前の船舶工兵第二十六連隊は、海上遊撃戦を企図した沖縄守備軍第三十二軍司令部の直轄部隊として、那覇港内入江の奥に在る饒波川《のはがわ》と国場川《こくばがわ》の河口に配置されていた。

連隊本部（佐藤小十郎少佐以下百三十名）は、那覇港内入江の奥の豊見城村《とみぐすくそん》字嘉数《かかず》（那覇港南東五キロ）。第一中隊（野中鹿雄大尉以下二百八十六名）は、嘉数の北西に在る国場川河口の真王橋《まだんばし》。第二中隊（斎藤栄三郎大尉以下二百八十八名）は、嘉数の西にある饒波川河口東部の根差部《ねさぶ》。材料廠（川島精一少尉以下百六十名）は、饒波川上流の高入端《たかのは》。それぞれの高地に拠って下方に壕を掘り待機していた。

他に分遣隊として、第一中隊の第二小隊山形少尉以下六十二名（大発五隻）を国頭《くにがみ》支隊に分遣（崎《さき》本部《もとぶ》在）。第二中隊の第一小隊乳井少尉以下六十名（大発三隻）を慶良間列島座間味島の海上挺進第一戦隊に分遣。

[沖縄本島要図(1945年現在)]

第三中隊（原田充《みつる》大尉以下二百八十名）を奄美守備隊に派遣（徳之島在）していた。
以上が開戦前に於ける船舶工兵第二十六連隊の配置である。

［部隊の配置］

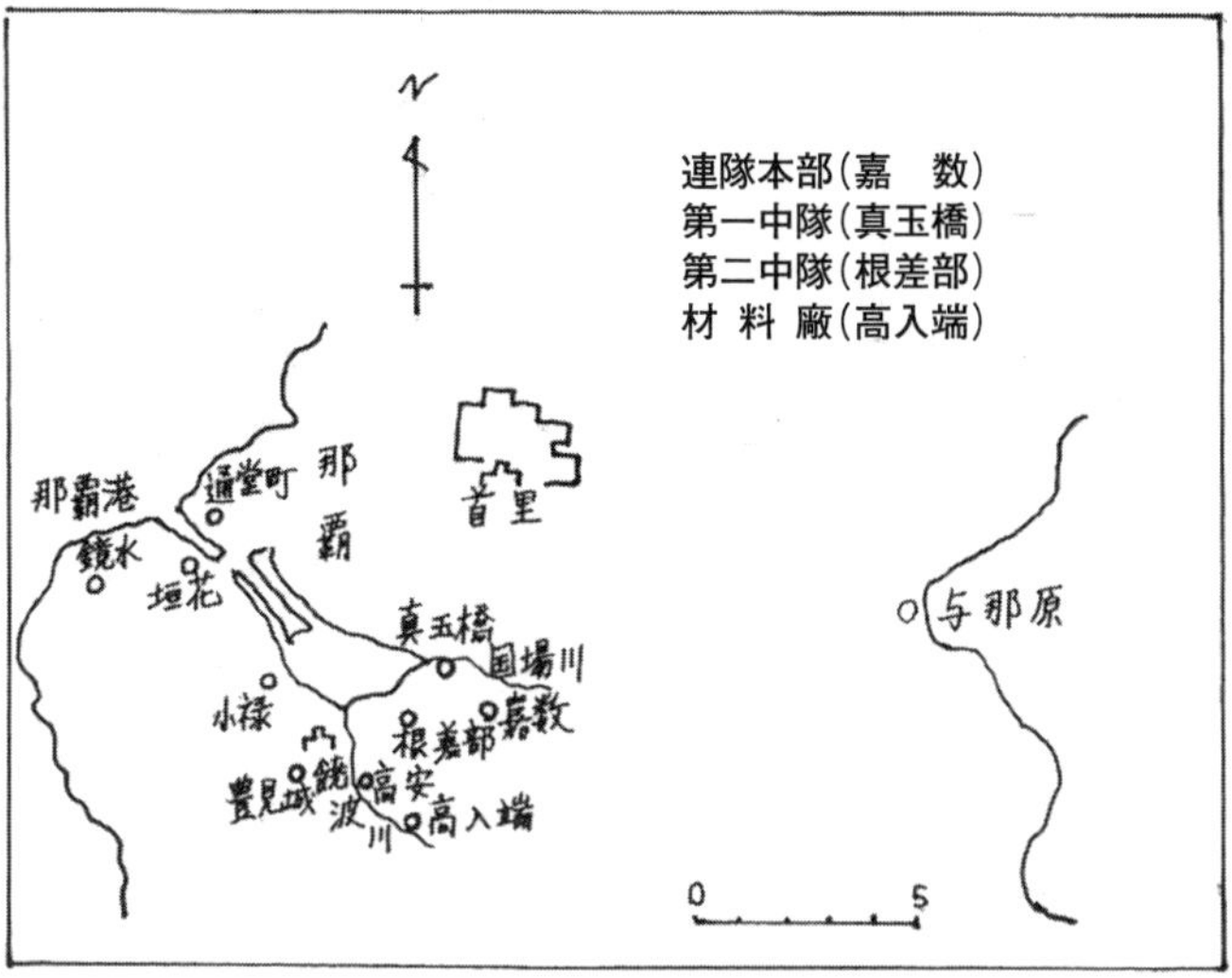
N
連隊本部（嘉　数）
第一中隊（真玉橋）
第二中隊（根差部）
材 料 廠（高入端）
那覇港
通堂町
那覇
首里
鏡水
垣花
真玉橋
国場川
小禄
根差部
嘉数
豊見城
饒波川
高安
高入端
与那原
0
5

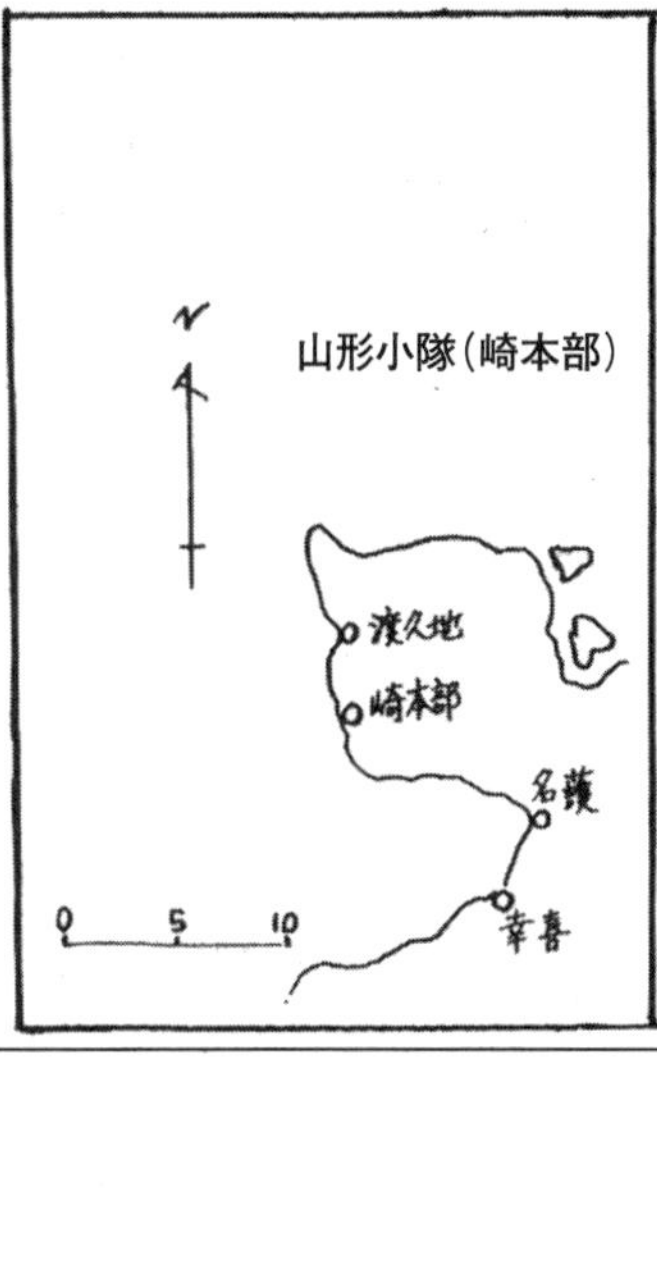
N
山形小隊（崎本部）
渡久地
崎本部
名護
幸喜
0
5
10

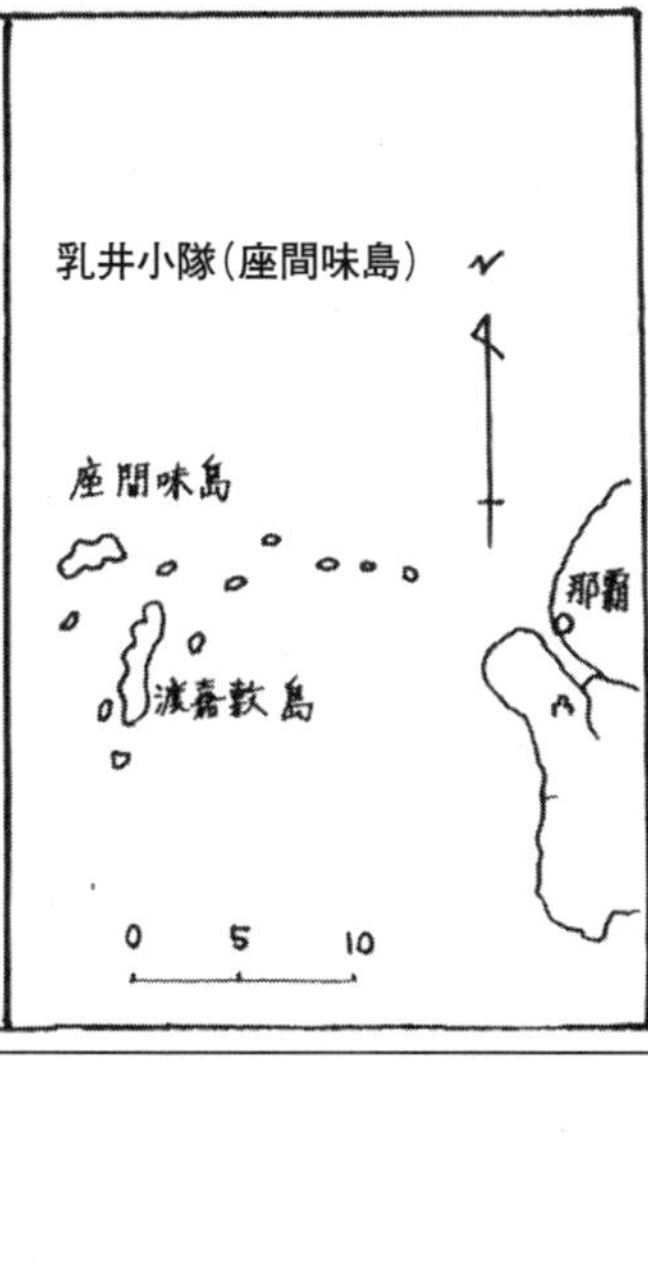
乳井小隊（座間味島）
N
座間味島
渡嘉敷島
那覇
0
5
10

［奄美諸島要図（1945年現在）］

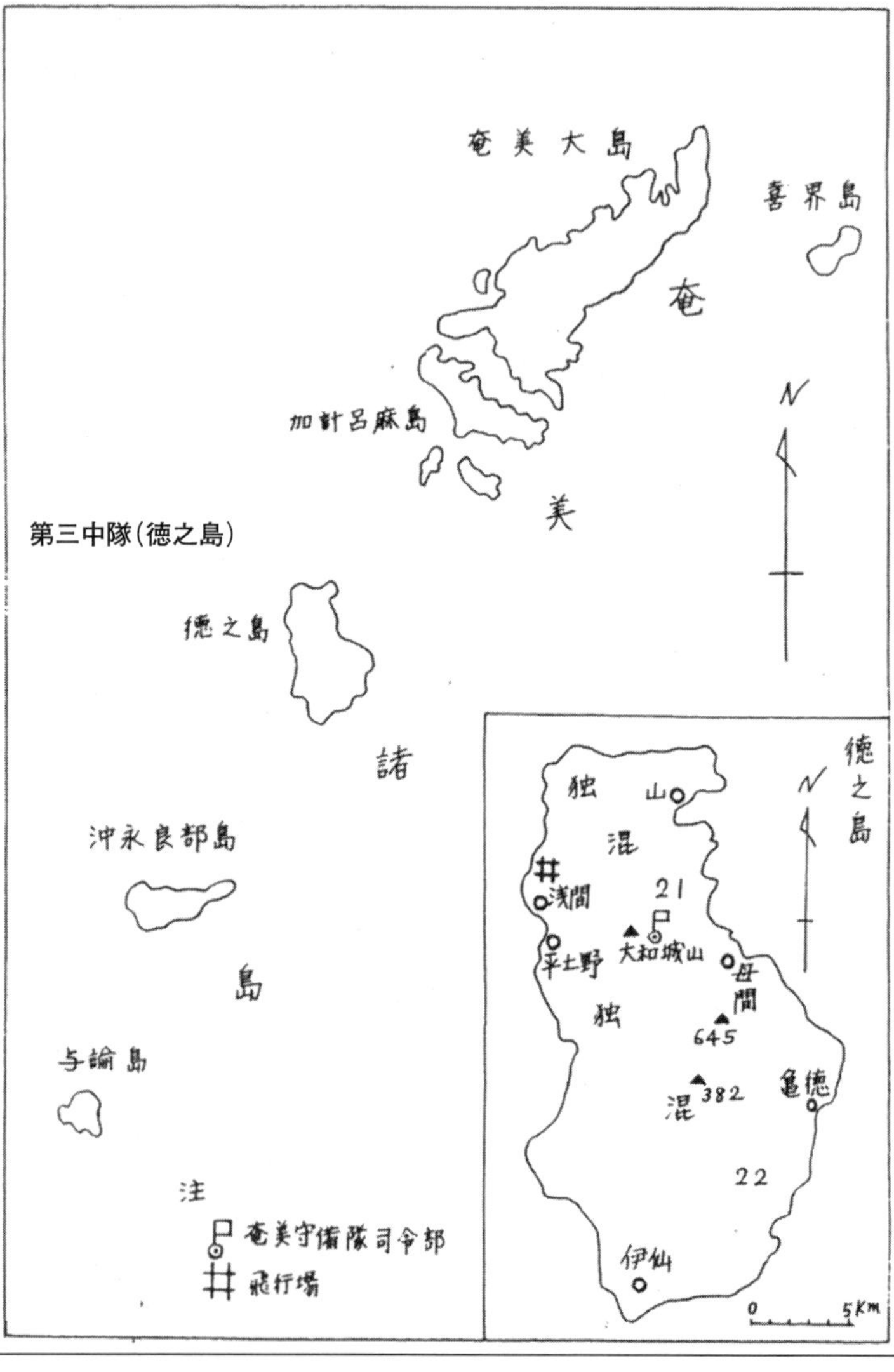

昭和二十一年（一九四六年）四月十日付　斉藤キヨの手紙

深刻な敗戦のみじめさのうちにも、春は用捨なく巡り来て思ひ出多き頃となりました。

此の度は長い間のお骨折りの甲斐なくみじめな終戦になったとは申せ、御無事に我が家へお帰りになられました御由、かげ乍らお喜び申し上て居ります。

さて私事、昨年戦死致しました斉藤栄三郎大尉の家族ですが、斉藤隊に関し、また本人に関してご存知の事がございましたなら、是非ともどんなささいな事でもよろしうございます。お知らせいただけませんでしょうか。

先日、乾英雄（中尉）様より御様子お知らせいただき、そのうちに斉藤隊の生存者としてお教えいただき、この方に御尋ねになられましたなら、斉藤大尉の御最后もわかる事と存じますと書いてございました。

科学戦とは申しながら、でもどんな最后であったろうか、苦しんでゆかれたのであろうか、どんなところでどの様な最後をとげた事かと写真をみつめては考へて居ります。

せめてその様子でも御存知でいらっしゃったなら、どんなみじめな様子でもよろしいのです、おつかれ様のところ申しわけございませんが、是非おすきの折、お知らせ下さいませ。

幸にしてささいな事でもその戦闘の情況でもお知らせいただけましたなら、母達もまた子供達が物心ついたとき話し聞かせたなら、また何かにつけてふるいたつこともあろうと、お目にもかゝった事もないお方にお願ひ致す次第でございます。

斉藤についていて下さった伝令の方〈野村註一〉も御生存していらっしゃるでせうか。どうぞ私達の気持も御察し下さいまして、おすきの折りお知らせ下さる様にお願ひ申し上げます。

どうぞ新しい人生をお幸福に御暮し下さる様、かげながら祈って止みません。

乱筆にて御願ひまで。

かしこ〈野村註二〉

斉藤栄三郎大尉（東京都南多摩郡）は、第二中隊の中隊長であった。

第二中隊の人員二百八十余名は、那覇港内入江の奥の饒波川河口の東部に在る、根差部高地の下方に掘られた七つ程の壕に分散して待機していた。

私はこの第二中隊で、首里近傍の宮城《みやぐすく》へ出撃する五月二十七日まで、無線通信兵として通信分隊に所属していた。三年兵（一九四二年徴集現役兵）の一等兵であった。

大尉は三十代半ば過ぎの穏やかな人で、鼻筋の通った面長な風貌が印象に残っている。これは私の記憶の中に在る大尉であるが、戦後になって、連隊本部要員であった日下部郁郎上等兵（清水市）から、こんな話を聞かされたことがある。

「大尉殿は立教大学野球部のOBと聴いていましたが、連隊本部が渡久地《とぐち》の本部《もとぶ》国民学校（小学校）に駐屯していた頃です。何かで連隊本部に来られた大尉殿に呼び出されてキャッチボールをやったことがあります。後で「有難う。上手いね」と褒められて、嬉しかったことを憶えています」と、日下部上等兵は懐かしんでいた。ちなみに彼は、戦後、法政大学野球部に籍を置き、ずっと捕手をつとめて来たとも言っていた。

大尉は五月四日朝、牧港《まきみなと》の海岸で戦死したと第二中隊では伝えられていた。

部隊主力の決行した大山方面への逆上陸に第二中隊の主力二百余名を率いて参加したのである。享年三十七歳。

《野村註》

一、当番兵のことであろう。

二、斉藤夫人に私を紹介した乾英雄〈中尉〉様とは、連隊本部付であった乾英夫少尉〈英夫が正しい。高槻市〉のことである。一九四五年九月二十五日、沖縄の屋嘉捕虜収容所で、少尉の幕舎を私は訪ねて、自分の負傷〈右肩甲部貫通銃創〉の証明に併せて、自分の同月十四日に米軍に投降したという証明も書いて貰っている。

部隊主力の逆上陸

部隊主力の逆上陸は、一九四五年五月四日黎明を期して決行される軍総攻撃の一環として、西海岸の大山《おおやま》（那覇北東十二キロ）付近に逆上陸して、敵の砲兵陣地及び高等司令部を急襲するというものであった。

この部隊の逆上陸に呼応して、東海岸の津覇《つは》（与那原《よなばる》北東七キロ）付近には、船舶工兵第二十三連隊（与那原地区駐屯）を主力とした水上部隊が逆上陸して、敵陣地及び兵舎を襲撃することになっていた。

この逆上陸で第二中隊は、饒波川河口の高安から、約三十隻の刳舟に乗り込み出撃した。敵機の銃爆撃を受けて使用に耐える大発が無くなっていた所為でもあるが、神山島《かみやまじま》斬込み（後述）の例もあるように刳舟は隠密行動には適していた。第一中隊は真玉橋から大発四隻に乗り組み出撃した。材料廠は高安から共に出撃する海上挺進第二十九戦隊の特攻艇に同乗。連隊本部は刳舟にも乗り込み、大発・特攻艇にも同乗した。

舟足の遅い刳舟の船団を先に出し、次いで大発、最後に特攻艇という順序で、時間を予測し、間隔を置いての出撃であった。

この逆上陸に出撃した部隊の人員は、部隊長佐藤小十郎少佐以下六百余名であった。

[部隊主力の逆上陸（5月3日夜）]

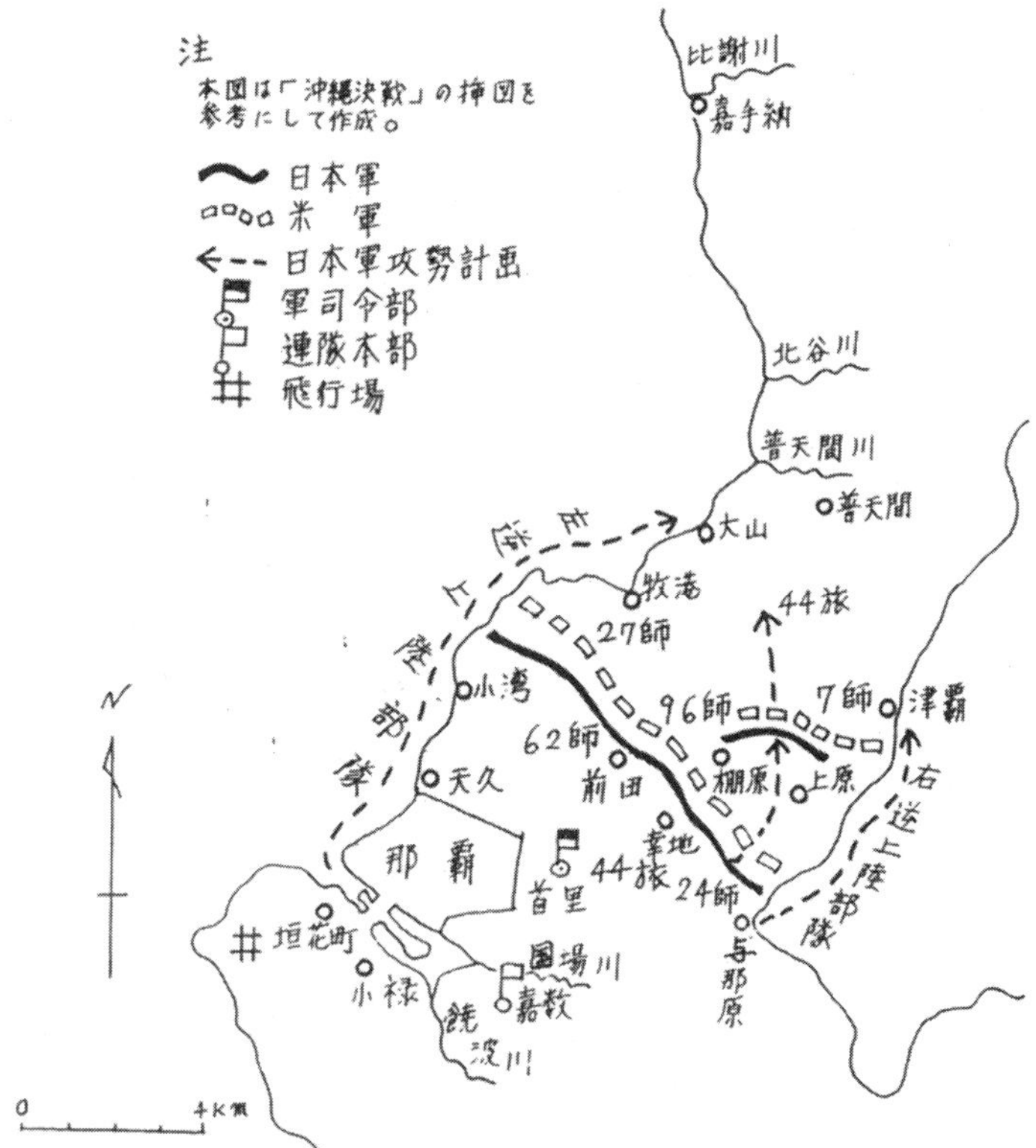

逆上陸部隊の一部は、小湾《こわん》（那覇北約四キロ）や伊佐《いさ》（大山北東二キロ）などで敵に発見され、上陸して交戦後戦死しているが、主力は四日未明、牧港（大山南西三キロ）で敵に発見され、上陸して交戦し全滅したことが残留部隊の調査で後日判明した。

しかし、防衛庁防衛研修所戦史室著『沖縄方面陸軍作戦』には、その注に、「船舶工兵第二十六聯隊留守名簿」による戦死状況として次のとおり記している。

注　船舶工兵第二十六聯隊　五月三日～四日嘉手納沖佐藤聯隊長以下四一九名戦死、五日牧港七名戦死。《野村註》

《野村註》
神山島斬込みは、四月八日夜、那覇港西方八キロに在る神山島の米軍重砲兵陣地を、西岡健次少尉以下二十五名が刳舟に乗って襲撃し、沈黙さしたものである。

[神山島斬込み(4月8日夜)]

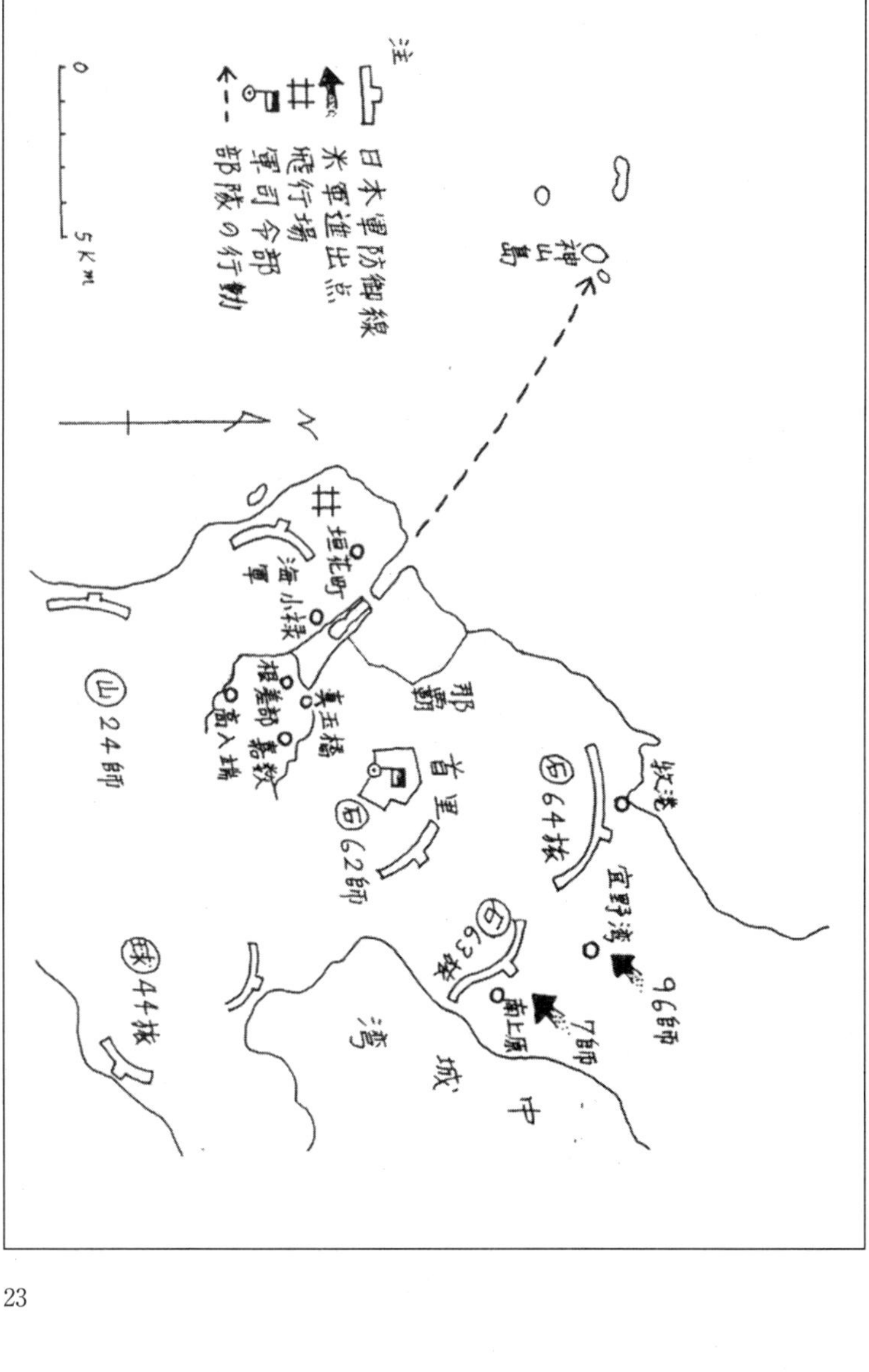

昭和二十一年七月十八日付　鈴木シチの手紙

拝啓暑さ酷しき折柄、野村様には如何御暮らし遊ばされますや、御家内の皆々様もさぞかし御喜びの事と拝察申上げます。

激戦の沖縄で言語に絶する苦戦、全く馬鹿な戦争に御苦労様でした。無事御帰還お何重にも御喜び申上げます。

扨《さて》私は息子を当部隊に送りまして、毎日帰りを待って居ます母で御座います。

誠に暑さ酷しき時恐れ入りますが、当部隊の様子を是非御願申上げます。

暁第一六七四四部隊春山隊一等兵鈴木良平、十八年（一九四三）北支に現役として工兵に入隊、十九年三月和歌山に転属、同年六月沖縄に行ったものです。

先日、復員省に行って見ました処、生死不明との事なのです。

御帰還後間もなく御多忙の御事と拝察致しますが、是非共御願申上げます。

敬具

鈴木良平一等兵（群馬県山田郡）は、手紙に春山隊と書いてあるので、春山甚左衛門大尉を隊長とした第一中隊所属の兵であったことが分かった。

同中隊の帰還者樋口勇雄一等兵（洲本市）に照会したところ、折り返し回答があった。

内容を要約すると以下のとおりである。

鈴木一等兵は、樋口一等兵と同じく国頭支隊に分遣されていた山形小隊の一員であったが、一九四五年四月十六日、安和岳《あわだけ》の一角に在ったマルヤマ陣地で米軍と交戦し戦死している。享年二十二歳。《野村註》

《野村註》

第一中隊長春山甚左衛門大尉は、米軍来攻六日前の一九四五年三月十七日、空路帰還。後任の第一中隊長は野中鹿雄大尉〈大阪市〉となった。

山形小隊の戦闘

国頭支隊（独立混成第四十四旅団第二歩兵隊　宇土武彦大佐指揮）に分遣されて崎本部（渡久地南約四キロ）に残留していた第一中隊第二小隊の山形小隊（山形正清少尉以下六十二名）は、宇土支隊長の命令によって、一九四五年四月八日朝、真部山《まぶやま》（崎本部東北三キロ）の第二大隊長佐藤富夫少佐の指揮下に入り、その後、同大隊第五中隊長浜本大尉の指揮を受けることになった。

十三日昼頃、第五中隊第二小隊の守備する安和岳（真部山東南一、五キロ・標高四一九メートル）地区に、一部の米軍が進出後、山形小隊は第五中隊長の命によって安和岳第二小隊の右に増援配置された。《野村註》

十五日午前七時過ぎ、マルヤマ陣地前方に米兵十数名が現われて、山形小隊の一部が交戦し、間もなく撃退した。

だがこの戦闘で、樋口勇雄一等兵は右肘関節部貫通銃創、赤堀作松一等兵（静岡県出身）は、大腿部貫通銃創を受けて後送された。

十六日朝から米軍は安和岳一帯に攻撃を開始。山形小隊は第五中隊の第二小隊と協力して敢闘したが、各陣地は分断され、夕刻には、安和岳付近の陣地は米軍に占領された。

この日の戦闘で山形小隊には死傷者が続出。小隊長山形正清少尉（群馬県出身）は腹部貫通銃創を受けて後送され死亡した。

［山形小隊の戦闘］

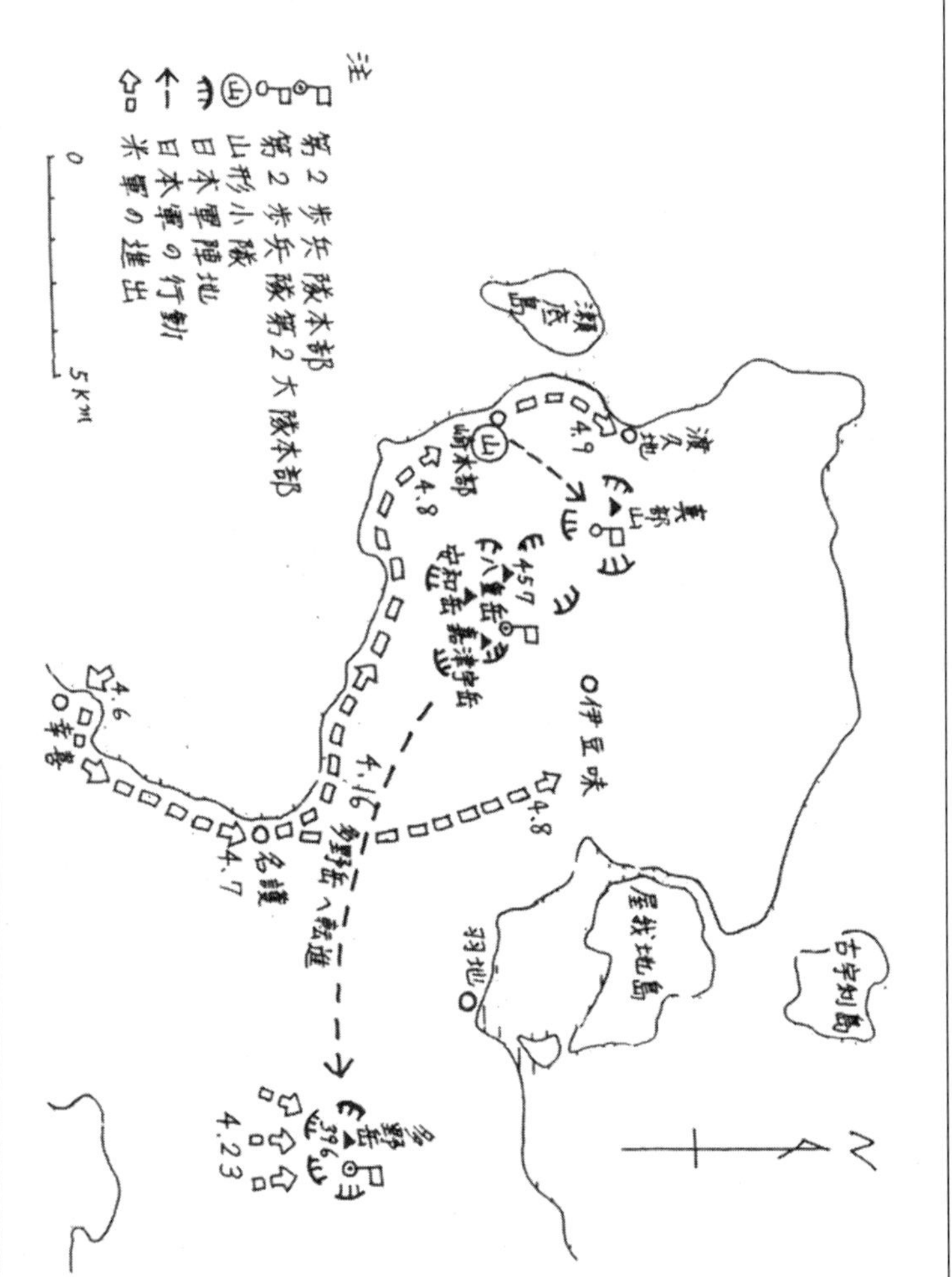
注
第2歩兵隊本部
第2歩兵隊第2大隊本部
山形小隊
日本軍陣地
日本軍の行動
米軍の進出
0
5KM
瀬底島
渡久地
4.9
山崎本部
4.8
真部山
八重岳
453
安和岳
嘉津宇岳
伊豆味
4.8
4.6
幸喜
4.16
名護
4.7
多野岳へ転進
屋我地島
古宇利島
羽地
多野岳
396
4.23
N

八月二十日頃、慶佐次《けさし》（多野岳東約八キロ）に位置した宇土支隊長は、終戦の情報を得てその事実を確かめ、十月二日戦闘を停止。残存各隊の大部は、十月中旬までに米軍に降伏した。

《野村註》
山形小隊が配置された第五中隊第二小隊の右は、マルヤマ〈俗称〉と呼ばれた安和岳の一角であった。山形小隊はここで戦闘し崩壊した。

昭和二十一年八月十二日付　奥貫登作の手紙

拝啓御暑さ厳しき折柄、如何がお凌ぎ遊ばされますか、御伺ひ申し上げす。

さて、初のお目もじも叶ひません私が、只今からして貴方様に対して拙い筆をとりましたのは、昨年五月はじめ沖縄の戦ひに参加いたしました長男宏の安否を知りたい為で御座ります。

実は彼を沖縄に送りました上は、勿論、生還は思いも依りません事と覚悟いたして居りました。其の後各方面より情報により、沖縄にも尚多数の生存者ありとの事にて、若しやと又果敢ない望みをつなぐやうに相成りました。

そこへ四 、五日前、千葉県小仲台留守業務部より、宏事は二十一年（一九四六）五月三日牧港に於て戦死の内報を受けました《野村註》。

其の報の中に、御生還者として貴名を拝し、同じ斉藤隊として御参加ならば、彼の戦死の状況御承知かと存じ、是非ともお伺ひ致度、それのみが唯一の慰めと、御迷惑と存じながら乱筆をとりました次第で御座ります。

戦友として定めし一方ならぬお世話様に預かりました事で御座いませう。厚く〳〵御礼申し上ます。

彼出征後、五月二十五日夜帝都最後の空襲にて、家も焼かれ、彼の物も殆ど全部を灰といたしましたので、生還は思ひませんでした。

然しその後一年数ヶ月、安否の定まる迄と焼跡の小屋に生活を続けて参りましたが、そののぞみもなく、家内中暗い心になっています。

さて申遅れましたが、貴方様にも長々御苦労様で御座いました。深くおよろこび申上ます。御家内御皆々様のお喜びの御様子拝察申上て居ります。それに致しましても、御負傷でも遊ばされていてはと御案じ致しております。

何卒《なにとぞ》御身呉れ〳〵もお大切になされますようお祈りいたします。

右乱筆にて御迷惑様ながら御願ひまで。

早々

奥貫宏少尉（東京都世田谷区）は、手紙の中に斉藤隊と書いてあるので、私と同じ第二中隊に所属していたことが分かった。

乾少尉から資料として提供された「船舶工兵第二十六聯隊留守名簿写し」（以下「留守名簿写し」と略称）にも、その階級氏名・戦死年月日・場所が記されているが、私には全く記憶に無い人である。

私は通信分隊に所属していたが、この分隊は機密保持上、一般将兵とは隔離された位置に生活していたので、同じ中隊の将兵でも、関わりのあった少数の将兵以外のことは分からないので残念である。

だが、奥貫少尉が、大山方面への部隊主力の逆上陸に参加した第二中隊の一員であったことは、手紙の内容からして明白である。

《野村註》

二十一年は、二十年（一九四五）の間違いであろう。

昭和二十一年八月二十日付　池田福太郎の手紙

拝啓緑の木々にいつとはなし初秋の風しみ入らんとする頃と相成りました。貴殿様方には益々御健勝の御事と御推察申しあげます。

本日唐突にお伺ひ致しまして誠に恐縮に存じますが、私は暁一六七四四部隊川島隊（船工二十六聯隊）所属陸軍技術伍長池田幹の父にて御座います。

過ぎし沖縄戦に息子の健闘を祈りつつ終戦を迎へ、其の後の安否を気遣ひつつ、朝に夕に駄目とは知りつつもその健在を願って居りましたが、先日復員本部より、五月四日牧港にて戦死との報に接しまして、あきらめて居りましたとは言ひますものゝ、二十幾つのあの日迄手塩にかけて育て来て、将来をたのしみに胸に抱ひて居りました。しかも戦ひは意外の結果に終り果て、続々と帰還する復員者の元気な姿を見て、何かしら割り切れない感情で胸が一杯にて御座います。

青春の楽しき夢も見やらず、若き命が天に消え去ったかと思へば、只々不憫《ふびん》にてなりません。死したる者へ、天に吠え地に叫んでも、今となっては致し方御座いませんが、せめて如何なる処で、如何なる戦で、如何なる戦死を遂げましたるものか、知りて息子の供養にでもと思ひますが、あわれにもはかなき親心で御座います。

幸ひ復員本部より、貴殿様方生還者の御住所氏名の通知を受けまして、誠に御多忙中お手数とは存じますが、息子の戦死の模様、その戦闘状況等、詳細におしらせ致し被下度、切にお願ひ致します。

私方にては長兄も未帰還にて、如何になりましたかと心痛致して居ります。
甚だ不躾なるお願ひ致し誠に恐縮に存じますが、是非にお願ひ致します。
乱筆にて失礼致します。

敬具

池田幹伍長（北海道様似郡）は、手紙に川島隊所属とあるので、川島精一少尉を隊長とする材料廠の下士官であったということは分かるが、同廠と接触のなかった私には、それ以上のことは分からない。

しかし手紙には、「五月四日牧港で戦死との報に接しました」と書かれているので、池田伍長も、一九四五年五月三日夜、大山方面への部隊主力の逆上陸に参加した川島隊の一員であったということが分かる。

昭和二十一年九月十二日付　安田はるえの手紙

涼風にようやく秋らしくなり、朝夕はめっきり凌ぎよく成りました。先日森田様よりお手紙を出していただきました安田勝美の妻で御座居ます。ぶしつけなお手紙平にお許し下さいませ。

貴方様には無事復員なされ、御家の皆々様の御よろこび如何ばかりか深く〳〵お察し致します。

さて森田様のお話しによりますれば、貴方様と主人とは親しくしていただいていたとの事、又色々御厄介になった事と思ひます。今更乍ら厚く〳〵御礼申上げます。

最初役場よりの内報があり意外に思ひました。何も知らない可愛いい子供の顔を見るたびにとめどなくあふれる涙……だれか主人の死についてこまかく知って居られる人は無いものかと、毎日悲しき日を送って居りました。

と数日して、千葉の世話部より、色々御親切なるお手紙がまゐりまして、貴方様の御住所を知らせていただきました。私は早速森田様に御願ひ致したような事で御座居ます。

主人出征以来、一度も面会無く、最初岐阜へ入ったので、面会が出来るとき、岐阜へ行けば、名古屋だといひ、名古屋へ行けば、こゝにはそんな隊はいないとい丶、あちらこちらと尋ねて、終りには九州まで行きましたが、ついに面会は出来ず、本当に残念で〳〵仕方がありません。

主人の留守中に長男をなくし、その上又主人の死の報、無心にねむる子供の顔を見るといとしくて〳〵たまりません。主人ももう一度、大きくなって片言をいひ出した我が子の姿が見たかった事と思ひます。どんな思いで死なれたか、思へば先だつものは涙ばかりです。

あちらへまいりまして親しくなってより、死ぬまで貴方様と色々故郷の話も出た事でせう。又色々身の上の事にて語り合はれた事も山のようにある事と思ひます。どんな思ひで毎日をすごして居られたか、貴方様もよく御承知の事と思ひます。

近ければ一はしりにと思ひますが、何分遠路にて致し様も無く残念で御座居ますが、色々語り合った時の事を思ひ出して、こま〴〵と御知らせ下さいませんでせうか、私、心よりお願ひ致します。

色々永々と申しのべましたが、何分にもよろしくお願ひ申上げます。

末筆乍ら皆様の御健康を御祈り致します。

先づはお願ひまで。

かしこ

安田勝美兵長（岐阜県安八郡）は、第二中隊の衛生兵であった。

兵長は開戦前の数か月間、通信分隊宿舎に寄宿して、私とは起居を共にして来た仲である。兵長は召集兵で、小柄な丸顔の温厚な人であった。

手紙では内報があったとのことであるが、兵長は五月三日夜、大山方面への部隊主力の逆上陸に参加した第二中隊の一員である。享年二十八歳。

昭和二十一年九月十三日付　澤田辰之助の手紙

拝啓秋冷の候と相成り候。御貴殿には益々御壮健にて日本再建に御奮闘なさるゝ事と存じ奉り候。就ては拙宅の（勇）は、沖縄県国頭郡本部町渡久地、暁第一六七四四部隊斉藤隊坂口隊の通信に編入致し居り候処、昨年米軍の上陸と相成り、ついに五月三日沖縄西海岸にて戦死との報が、千葉市小仲台留守業務局より有之、其の中に御貴殿方にくわしい事は問合せする様との事、もしや息（勇）の戦死当時の状況を御存じでしたら御一報下されば有難き幸せに存し、失礼乍ら御手紙にて御願申上次第にて候。

匆々

澤田勇上等兵（愛知県知多郡）は、私と同じ第二中隊の無線通信兵で、私よりは一年後輩の一九四三年徴集の現役兵であったが、開戦後、連隊本部通信班へ分遣された。

彼は色の白い端麗なマスクの物静かな男であったが、歌が好きで、演芸会になると俄然張り切って、「宵待草」や「雨のブルース」・「上海の街角で」などを唄って艶のある声を聞かせてくれたことが印象に残っている。

手紙によれば、「五月三日沖縄西海岸で戦死との報が」とのことであるが、彼は一九四五年五月三日夜、大山方面への逆上陸に出撃した連隊本部通信班の一員であった。享年二十二歳。

昭和二十一年九月十三日付　井手久一の手紙

拝啓残暑の候、愈々御清栄上賀ます。陳者貴下暁一六七四四部隊に属せられ、沖縄の激烈なる戦闘に参加せられ目出度く御帰還相成候由、誠に慶賀之至りに存候。自分倅富雄儀同部隊にあり、昨年一月本人より通信ありし以外、一切不明に御座候処、昨日、留守業務部より、昨年五月三日沖縄西海岸にて戦死せし旨、通知有之候て一同悲嘆之涙にむせび候へども、何とも致方無之、せめて彼之最後の模様なりとも知り度、以書中御尋ね申上げます。お手数相かけ恐縮に存候へども、何卒宜敷く御依頼申上げます。

暁一六七四四部隊　兵長井手富雄

通信をなせしもの丶如し。

当時部隊之戦闘の状況及び彼之最後之模様。

以上

昭和二十一年九月二十五日付　井手クニエの手紙

お手紙ありがたく拝見いたしました。

貴方様には過日御帰還なされし由、お芽出度く御祝詞申上ます。ほんとうにお命を拾はれましたね、よく御元気で帰って下さいました。野村様がお帰りにならなかったら富雄の最後も沖縄での事も、何もわからないところでした。くわしくお知らせを頂き有難ふ御座居ました。

野村様とは無二の親友であったとの事、おなつかしう存じます。いろ〳〵お世話になった事でせう。厚く御礼申上ます。富雄が満洲から和歌山へ帰った報に接し、時をうつさずはせ参じ、都合よく面会したのは十九年（一九四四）の五月十六日の正午でした。二時間あまりで話して分れたのですが、それより一年後に戦死していたのでした。あの時、髪でも爪でももらっておけばよかったが、あの子の片身は何もないのです。でも富雄からつき出さぬし、こちらからは言へなかったのです。それが残念に思ひます。ほんとうにあの子は剛気な子でした。子供の時から向意気が強くて何事も後悔などした事がなかったですが、それでも親にはやさしくて口返事一つした事はなかったです。思ひ出せばきりがありません。可愛そうな事をしたと残念に思ひます。でもせめてあの子の最後でも知りたいと願っておりましたところ、無二の親友野村様より御知らせを頂き願ひはかなったのです。我子ばかりではないのだから、あきらめて此上はよくまつってあの子のメイ福を祈ってやりませう。有難ふございます（中略）。一度野村様にお目にかかり、もっと〳〵くわしく富雄の沖縄にての生前の模様を聞きたいと思って居ます。
野村様も松山へ御越しの節は私方へも御出で下さい。もっと〳〵お話が伺ひたいです（中略）。私も心落ちつきましたら、又お伺ひしたいと思っております。今日はこれにて失礼します。御自愛専一に御祈り致します。
先づは御礼まで。

かしこ

井手富雄兵長（愛媛県温泉郡）は、私と同じ第二中隊の同年兵（一九四二年徴集現役兵）で、部隊の編成以来、暗号手として連隊本部通信班に所属。その後、船舶団司令部前の那覇通信所へと分遣され、第二中隊に帰ったのは、一九四五年五月三日夜、部隊主力が大山方面への逆上陸を決行したその日の昼過ぎであった《野村註》。だが、逆上陸には乗り込んだ刳舟が故障のために不参加となり、翌々日の五日になって残留部隊の本部通信班へ分遣された。

無線通信兵であった私は、連隊本部付通信小隊に分遣されていた一時期、彼と勤務を共にしたことがあり、以来、意気投合した仲になっていた。

彼は知的で暗号手としての能力も抜群であったが、気性の激しい積極的に行動する男であった。

五月二十八日朝、彼は部隊が救援のために出撃していた宮城の海軍山口大隊残存部隊壕の哨舎で、酷使されている初年兵の代りに立哨していて、敵弾を顔面中部に受け即死した。享年二十三歳。

一九四六年十月、井手富雄兵長の父久一（愛媛県温泉郡荏原《えばら》小学校元校長・六十一歳）母国恵（五十四歳）が、温泉郡荏原村から、高知市西町の我が家を訪ねて来られて一泊された。

このとき私は、両親から問われる儘に、自分の知っている彼の全てのことに就いて答えた。

一九四九年七月、高知刑務所看守を拝命した私は、その三年後に、占領軍によって禁じられていた矯正剣道が復活して、四国矯正施設対抗試合会場となった松山刑務所武道館に選手として出場した。

その前日、松山刑務所に技官として奉職していた井手兵長の実兄井手忠三氏の官舎に呼ばれて、父の井手久一氏と再会した私は、温泉郡荏原村東方《ひがしかた》（現在は松山市東方）の同家を訪ね、伍長に特進していた僚友井手富雄の墓に詣でた。

《野村註》

那覇の船舶団司令部前に在った「那覇通信所」は、首里の軍司令部壕横の壕に船舶団司令部が移動したのに従って、その船舶団指令部壕間近の壕に移転していた。

宮城へ出撃

一九四五年五月二十四日、高安の海上挺進第二十九戦隊が、残留部隊の長である甘庶大成《だいじょう》大尉（福岡県糸島郡〈現在は前原市〉）の指揮下に入った。

それと同時であった。残留部隊は、宮城（首里東南二・五キロ）に派遣されている海軍山口大隊（山口元太郎大尉指揮）残存部隊の救援を命ぜられた。この宮城は敵に近接したところで、北東一・三キロの運玉森は既に敵が占領していた。

宮城への救援部隊は、二十四日午後八時頃、甘庶大尉以下百五十余名（残留部隊本部・第一中隊・材料廠に第二十九戦隊二十数名を含む）が嘉数〈野村註〉を出発。

二十七日午前一時頃、後発の第二中隊の神田謙次曹長（東京都出身）以下六十余名（第二中隊約五十名に第二十九戦隊十余名を含む）が根差部を後にした。

途中、根差部台上の芋畑の小道に出た神田隊は、突如、艦砲の集中射を浴びて、かつて通信分隊にいた野々村伝一一等兵（岐阜県出身）が頭部に破片を受けて即死、早瀬一等兵が大腿部を骨折して後送された。

当日早朝、神田隊の一員として山口大隊残存部隊壕に私は入ったが、壕内の人員は二百名ほどであった。先発した部隊の重傷者が二十名は横になっていた。この数から推しても死没者は少なくない筈であった。

二十八日未明、斬込みから帰った牧野金一上等兵は、「井手班長（井手満次伍長〈佐賀県出身〉）殿は脚を負傷して手榴弾で自決しました。〝天皇陛下万歳！〟と叫んでいました」と私に言った。

この日の明け方になって、壕は敵襲を受けた。そのとき初年兵に代わって哨舎に立っていた私の僚友井手富雄兵長は、顔面中部を撃ち抜かれて即死した。

《野村註》
乾少尉の記録『船舶工兵第26連隊戦闘経過概要』には、「五月二十五日夜半、全員で前方敵陣地に斬込みを行う。戦果見るべきものなし」との記述がある。

[宮城への出撃]

注:
日本軍
米軍
進出経路
移動経路
軍司令部
連隊本部
5月24日～27日に掛けて部隊は宮城に出撃。
5月26日海軍部隊は軍命を誤解して真栄平に移動したが、28日軍命によって小禄に復帰した。
5月27日夜 軍司令官は津嘉山に移動し、30日摩文仁に到着した。
海軍
小禄
糸満
大里
真壁
米須
摩文仁
真栄平
与座岳 167
八重瀬岳 155
志多伯
東風平
友寄
津嘉山
嘉数
那覇
首里
宮平
宮城
与那原
港川
知念
海兵6師
歩27師
歩7師
歩96師
62師
44旅
24師
0
5km

昭和二十一年十月八日付　竹節良吉の手紙

拝啓寒さも日に増し強くなって参りました。突然お手紙差上げ失礼仕ります。実は私の二男、竹節勇儀、沖縄玉砕の御貴殿と同中隊におりましたとの事、千葉の留守業務部よりきゝましたが、愚息の戦死状況若し御存知ならば、詳細御知らせ御願ひ申し上度存じます。

戦死の内報も戴き、戦死も確実と存じ居りますが、せめて戦死の状況なりとも知り度いと存じまして、御手紙差上げました様な次第で御座ひます。何卒私共の心も御くみの上、御存知の限り詳しく御知らせ下さらば幸と存じます（後略）。

甚だ御用御繁多の折、御やっかいになる事御頼み申上げ御手数様で御座居ますが、何卒御願ひ申上げます。

復員後はとかく身の調子もくるいやすき様子、折角御養生第一に御過しの程、御願ひ申上げます。では何分共に御願ひ申上げます。

御家の方々にもよろしく御願ひ申上げます。

乱筆にて失礼仕ります。

敬具

竹節勇上等兵（長野県下高井郡）は、私と同じ第二中隊通信分隊の無線通信兵で、私よりは一年後輩に当たる一九四三年徴集の補充兵であったが、開戦後間もなく連隊本部通信班へ分遣された。竹節は眼鏡をかけた小柄で華奢な体付きの育ちの良さを感じさせる男であった。詩歌を好み、藤村の「千曲川旅情の歌」や「椰子の実」などを愛誦していたことが印象に残っている。

竹節の最後に就いては、「留守名簿写し」に〝昭和二十年（一九四五）六月二十日糸尻で戦死〟と記されている。だが竹節も大山方面への逆上陸に参加した連隊本部通信班の一員で、同年五月三日夜、高安から出撃した。

その宵、連隊本部通信班の一行と高安へやって来た竹節は、川端に佇む私の前に駆け寄って来て、「野村古兵殿、長い間お世話になりました。行って来ます！」と、一礼して立ち去って行った。これが私の最後に見た竹節の姿である。享年二十五歳。

昭和二十一年十一月三日付　早野直吉の手紙

拝啓時下晩秋の候、益々御清祥之段奉賀候。

陳者貴殿暁一六七四四部隊（船舶工兵二十六聯隊）に所属し、激戦の沖縄より帰還の由、慶賀之至りに存候。

自分倅早野継次儀、貴殿と同部隊に所属せるも、この度、留守業務局より、戦死地不明との通知有之。尚同部隊生還者として貴殿の事も通知有之。御尋ね致す次第にて候が、継次の戦死について心当無之候や。

自分も元軍人なれば、倅を戦場に送りし以上、其の生還を期する思ひ無之候も、戦死地不明との報には、納得のいかぬ割切れぬ思ひ有之候。

御多忙中甚だ勝手なお願ひとは存候へども、継次の事に付き、些少なりとも御存知の事あらば、何卒お知らせ賜はり度く御願申上候。

敬具

早野継次一等兵（各務原市）は、手紙によって、私と同じ部隊の兵であったことが分かる。しかし、同じ部隊でも、私とは所属を異にしていたに違いない。記憶にないのが残念である。

手紙にある「戦死地不明との通知」は、戦死と認定はしたものの、場所が判明しないという如何にも曖昧な通知である。

遺族の割り切れぬ思いがよく解る。《野村註》

《野村註》

早野継次の戦死については、「戦死地不明との通知」以後に記録されたであろうが、「留守名簿写し」に〝昭和二十年〈一九四五〉六月二十日戦死、宮城〟の記述がある。

だが、部隊は五月二十八日夜半に宮城を撤収している。

昭和二十一年十一月十一日付　青木九一の手紙

拝啓時下秋冷之候、貴家益々御清栄奉賀候。

甚だ突然なる御尋ねを致しますが、私方青木秀夫暁第一六七四四部隊で、沖縄県国頭郡本部町渡久地におりましたが、昨年三月末に手紙が来たなり今以て便りがありませんが、御貴殿青木秀夫を御存じなら甚だ恐れ入りますが何卒御知らせ下さい御願申上候。

敬具

第二信（同月二十三日付）

拝復早速御回答に預り難有御礼申上ます。

実は秀夫より昭和二十年（一九四五）三月手紙が来たなり便りがありませんで、千葉留守業務へ問合ましたら、「去る一月以降生存者逐次帰還し、状況が判明致し、帰還者の言に依れば、秀夫様は昭和二十年五月三日、沖縄西海岸に於て戦死せられたとの事で御座居ます」と、千葉より通知有。其時同封にて、暁一六七四四部隊（船工二十六聯隊）帰還者十八名と記し、五名の姓名が書いて有り、少尉大石英俊・堀本正・御貴殿・黒田福三・飴谷由雄の五名記して有り、貴殿の住所を知り問合せた次第で御座居ます。

沖縄西海岸と言へばカテナ湾に当りますか、又敵前上陸に出た人数は何人位ですか。電信兵は戦争中にどんな仕事で有りましたか。恐れ入りますが御知らせ下さい御願致します。

十一月十九日に公報が入りました。敗戦でも生きて帰れば良いが、死んだ者は何とも言様がありません。

終りに貴殿の御多幸と御健康を御祈りします。

先は畧文を以て厚御礼申上げます。

敬具

青木秀夫上等兵（愛知県北設楽郡）は、私と同じ第二中隊の同年兵（一九四二年徴集現役兵）で、無線通信兵として連隊本部付通信小隊へ分遣されていた。

開戦前の一時期、無線通信兵として同小隊へ分遣されていた私とは、互いに起居を共にして来た仲である。

「入営前は石屋で働いていた」と、彼が言っていたことを今でも私は憶えている。その所為でもあろうか、彼は小柄な体に似合わぬ腕力を、壕掘り作業の現場では見せていた。

手紙によれば、「十一月十九日に公報が入りました」とのことであるが、彼も一九四五年五月三日夜、大山方面への逆上陸に出撃した連隊本部通信班に属していた。享年二十三歳。

昭和二十一年十一月二十三日付　相原幸子の手紙

野村正起様、晩秋の候、貴方様には御健勝の事と拝察致して居ります。

お初めて御便りを差上げまして誠に失礼と存じますが、ぜひ御伺ひ致したい事がございましてお便りいたしました。

実は義弟相原明、沖縄戦線へ暁部隊として参りました。最後に葉書を受け取ったのがたしか二十年（一九四五）の三月とおぼえております。

その後、益々戦がはげしくなりまして、遂に沖縄も悲しい報道となりましたが、一切の事柄が不明の為、唯いつかは帰るものとひたすら待って居りました所、二十一年九月三日、千葉の留守業務局より、二十年六月二十日与座に於て戦死と知らせが御座ひました。

それでもとても信じられない事なので、色々問合せして見ましたが、何分通信上の事なので日数ばかり多くかかり、少しも当時の様子を知る事が出来ませんでした。

其の内に十月の末になりまして公報が参りましてからは、とにかくあきらめなければならぬと思ひましたが、どうかして幾分なりとも明の戦死の様子を知りたい、又、同じ隊員で万一身近で見た人があったとしましたならば、ぜひ模様をお伺い致したいと思ひまして、帰還者の内に野村正起様の御名前が御座居ましたのを幸ひと致しまして、御手紙差上げましたような次第でございます。

何分明は末子で御座いまして、七十歳前後の御両親がただ明の帰りのみ待ちつづけて暮して居りましたものですから、今度の出来事で毎日味気ない気持で過ごして居るので御座います。肉親としまして出来るだけ当時の様子を知りたいと思ふので御座います。

貴方様も定めて私共の想像もつかぬ御苦労をなされてお出なすった事と存じます。本当に唯御苦労様と申し上げただけでは相済まぬと思って居る次第で御座います。近頃は皆様さぞ御忙しい毎日をお過ごしの事と存じますが、若し相原明の様子に付、多少なりとも御存知の事が御座ひますならば、御一報下さいますよう何とぞ御願ひ致します。

甚だ勝手に存じますが、どうぞ悪からずおゆるし下さいませ。

野村様にもどうぞ御身御大切に遊ばして御過しなされませ。

かしこ

相原明上等兵（函館市）は、私とは所属中隊を異にした第一中隊の同年兵（一九四二年徴集の現役兵）で、部隊の編成当初から、暗号手として連隊本部通信班に属していた。

第二中隊無線通信兵の私とは顔見知りの仲であったが、部隊が那覇に上陸してからの彼は、那覇の船舶団司令部前に布設された部隊の「那覇通信所」へ分遣され、その後、私と顔を合わすことはなかった。色白豊頬の坊ちゃんタイプの男であったことが印象に残っている。

手紙によれば、「二十年（一九四五）六月二十日、与座に於いて戦死」との知らせがあったとのことであるが、それより前の同月三日朝、大里（与座南西一キロ）の草原に部隊の残存者約百名が終結して、工兵第二十四連隊の各隊に分散配属した。

このとき相原上等兵もここに居た筈になる訳だが、私には彼の姿を見た記憶がない。残念である。享年二十三歳。

部隊の終末

一九四五年五月二十八日夜半、部隊（甘蔗大隊）は軍命によって宮城を撤収し、東風平を経て、二十九日早朝、与座岳（標高一七一メートル）西麓の歩兵第八十九連隊守備地区の幾つかの壕に分散して入った。

六月三日早朝、部隊の残存者は、与座岳西麓の大里の部落に近い草原の大きな凹地に終結した。人員は百名ほどになっていた。《野村註》

甘蔗大尉は一同の労を犒った後、「現在の人員となっては、独立した部隊としての行動が許されぬことになった。当地区守備部隊長（歩兵第八十九連隊長）殿の命令により、本日から部隊は、第二十四師団の工兵第二十四連隊へ配属される」と伝えた。

但しこの配属は、部隊としての隊形を保った配属ではなく、工兵第二十四連隊各隊を補充するため、部隊を分散した配属であった。

注　歩兵第八十九連隊（山三四七六部隊）
　金山均《ひとし》大佐指揮
工兵第二十四連隊（山三四八一部隊）
　児玉昶光《のぶてる》大佐指揮

《野村註》
部隊の指揮下に入っていた第二十九戦隊の残存者を十名と見た場合は、部隊の残存者は約九十名ということになってくる。

［部隊の終末］

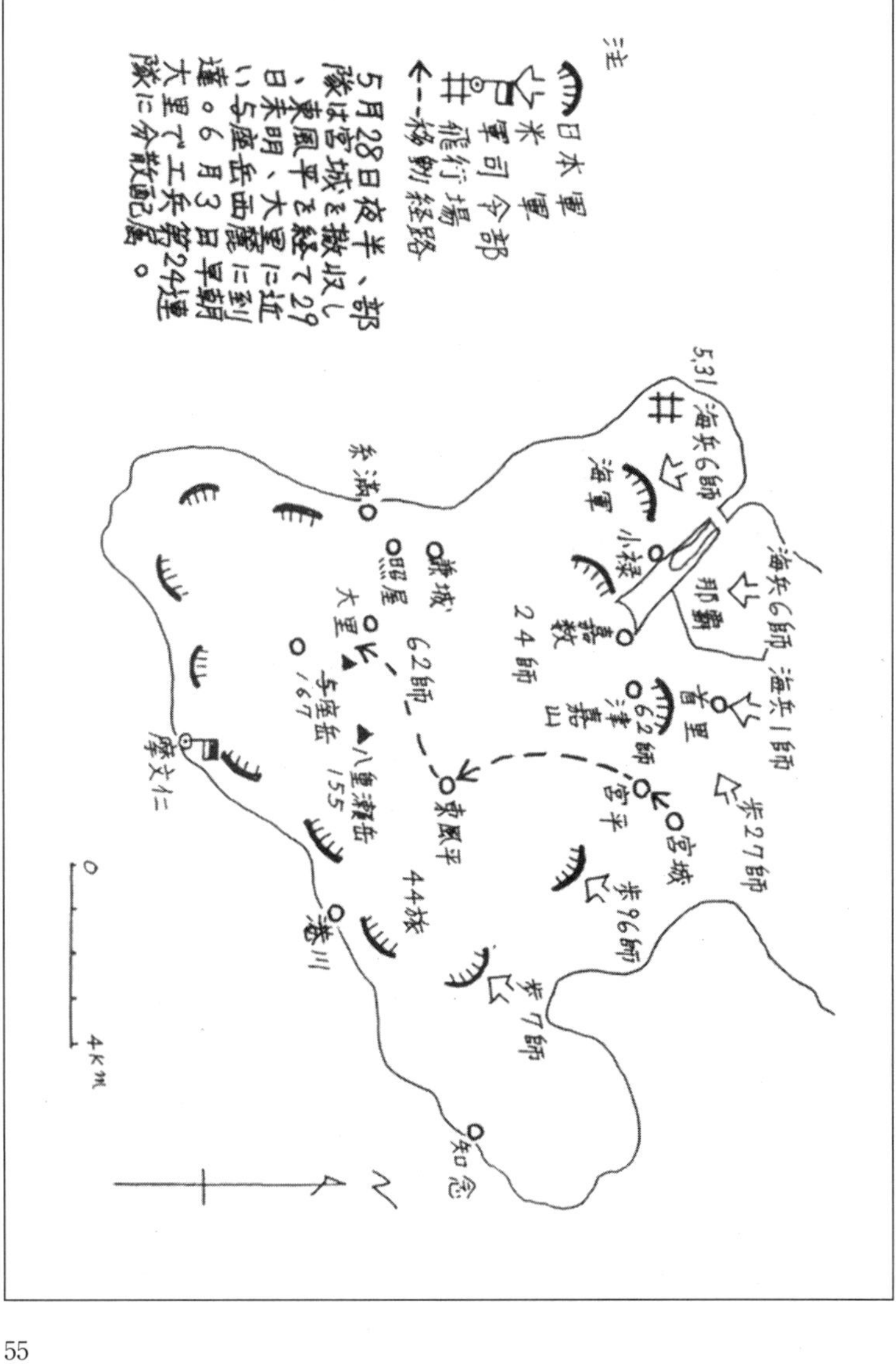
注
日本軍
米　軍
軍司令部
飛行場
移動経路
5月28日夜半、部隊は宮城を撤収し、東風平を経て29日未明、大里に近い与座岳西麓に到達。6月3日早朝大里で工兵第24連隊に分散配属。
5,31 海兵6師
海兵6師
那覇
海兵1師
首里
歩27師
宮城
宮平
歩96師
海軍
小禄
嘉数
24師
62師
津嘉山
歩7師
東風平
知念
兼城
照屋
62師
44旅
糸満
大里
八重瀬岳
155
与座岳
167
港川
摩文仁
N
0
4KM

昭和三十四年（一九五九年）六月七日付　福山実の手紙

突然の御手紙誠に失礼で御座居ますが御許し下さい。私、一人きりの兄を沖縄で亡くした者で御座居ます。

先日、潮書房発行の丸を読みました処、貴方の記事が載って居り、戦争の悲惨を今更ながら感じました。

二十二年（一九四六）に公報があり、遺骨も帰らぬまゝに十年余りたちました。その間、八方手をつくしせめて戦死の状況なりともと思ひ調べたのですが、全然分らぬまゝに今日に至りました。

貴方の記事の通り和歌山の暁部隊です。十九年の春頃、沖縄へ行ったと記憶して居ります。公報にも沖縄本島宮城に於て戦死と載って居ます。日時は二十年（一九四五）五月二十三日です。

若し御心当りが御座居ましたら、大変御無理な御願ひで御座居ますが、当時の状況なりとも御知らせ願えませんでせうか。参考のため当時の写真を一枚同封しておきます。一番最初は鳥取へ入隊しました。

どうかよろしく御願ひ申上ます。

福山初男一等兵（神戸市兵庫区）は、「留守名簿写し」にも載っているし、手紙にも〝沖縄本島宮城に於いて戦死〟と書かれているので、彼も私と行動を共にしていたということは分かるが、同じ部

隊でも所属を異にしていた筈である。記憶にないのが残念である。《野村註》

《野村註》
福山実氏が読んだ潮書房発行の丸の記事とは、同書房の月刊誌『丸』に私が寄稿した初めての手記で、一九五九年六月特大号に載せられた「沖縄に消えた十万の市民兵」と題した拙文である。

昭和五十年（一九七五年）七月十二日付　牧野好孝の手紙

長い梅雨が続いておりますが、貴方様には如何がおすごしですか、私も日々無事暮させて頂いております。他事乍ら御安心下さい。

本年春頃でしたか、思いもよらぬ貴殿の沖縄戦敗兵日記という貴重な本を御送付頂き、本当に有難うございました。

私も沖縄へは慰霊の為二度程行ってまいりましたが、このあたりだろう位で供物等供えてまいりました。それでも大略は当って居りましたが、今度は明白に位置もわかりました。これも貴殿のおかげです。位置もわかり今年で三十年、今年こそもう一度行ってやらねば兄貴の戦死した年は、今の私の子供の年と同じ位です。姉妹達とも相談し行くことに決めました。

そして戦死をした六月十一日、現在生存している兄弟全員と私の家内、兄弟全員と申しましても女ばかりですが、六名は与座岳頂上に参りました。

家から水、果物、御神酒、家で咲いた花等を供えて参りました。おどろいた事に家内は、おぢいちゃんおばあちゃんも行きたかったろうからつれてきたと申して、位牌と兄金一の写真を取り出しました。

（前略）与座岳は現在航空自衛隊が駐とんしています。この与座岳へは立ち入れないのですが、事情を話したところ、こころよく入れてくれました。

中でも星原副指令殿には特別の御世話になりましたことも申添えたいと思います。何でもハブが出ないようになったら、もう一度、与座岳の遺骨を収しゅうして下さるとのことです（後略）

早速御報告と御礼を申上ねばと思って居りましたが、延々になり申訳ありません。

本当に有難う御座居ました。

時節柄くれぐ〴〵もお体を大切にして下さい。

敬具

牧野金一上等兵（岩倉市）は、私と同じ第二中隊の無線通信兵で、私よりは一年後輩に当たる一九四三年徴集の現役兵であった。爽やかな感じの男であったことが印象に残っている。

一九四五年六月三日、部隊の残存者は、与座岳の工兵第二十四連隊の各隊へ分散して配属したが、私と牧野は工兵第一中隊に配属して、分隊も同じ援護分隊であった。

彼は同月十一日夜、与座の米軍進出地点へ斬込みに出掛けて戦死した。

彼の死は、翌十二日の明け方、帰隊した斬込み隊生残りの三名に依って告げられた。「敵陣地間近で、誰かがピアノ線に掛かってマグネシウムが発火し、八名が射殺された。そのとき牧野は蛸壺に飛び込んだが、手榴弾で殺られた」と言っていた。享年二十二歳

※　牧野好孝氏に贈呈した私の手記『沖縄戦敗兵日記』は、当時の私の日記を修正したもので、一九七四年十月、太平出版社編「シリーズ・戦争の証言」の一巻として企画出版されたものである。

昭和五十年三月二十日付　片山ウメノの手紙

前文御面下さいませ。このあいだわ色〳〵とおせわになりまして有りがとうございます。これにてお礼申し上げます。（後略）。

つきましてわ秀雄のこと、あなた様と一緒にいたとのことですが、なにぶんにもにんていのせんしときかされ、今日まで帰る〳〵と思ってくらすうち三十四年あまりなんのさたもなく、今ではそちら様のたよりであきらめました。

いつまで一緒におられましたか、おきなわのどこらでせんしですか、又は海でしんだかりくでしんだか良くわからないのです。おきなわほうめんでしんだといって居りますが、今だにしんだところわかりません。

（前略）秀雄のことおよくしっていれば、くわしくおしえて下さい。おねがいします。

秀雄といつごろわかれたのですか、くわしくおねがいします。

おてすうとは思いますが、なにぶんともよろしくおねがいいたします。

片山秀雄兵長（笠岡市）は、「留守名簿写し」に載せられているので、私と同じ部隊の兵であったことは分かるが、所属を異にしていたに違いない。記憶になくて残念である。

手紙では、戦死と認定しての通知があった様子であるが、その日も場所も不明で、母親の割り切れぬ思いに胸が痛む。

昭和五十年三月二十八日付　酒井しづの手紙（長男敬夫代筆）

拝啓陽春之候、益々御元気の由、御喜び申上げます

さて本日、貴重なるあなたの著書を御送り頂き有難う存じます。次男靖夫の名は出てきませんが、所属の部隊の最后の有様が良く描かれており、彼の最后に想いを走らせている次第です。若い人達が護国の鬼と化して、既に三十年の歳月が立ち、日本も変りました。どうぞ御体を大切に御過し下さいます様御願い致します。

終戦後、私共、大阪府南河内郡初芝に在住しております時に、靖夫と共に逆上陸をして戦い、九死に一生を得たと云う方が訪ねて来られ、戦斗の模様をおききしたのですが、以来三十年になり、その御名前さえも分明致しません。ただ一等兵か上等兵であり、ボクシングの経験がある様に語っておられたのを覚えております。

もう凡てが遠い過去の事となってしまいましたね、御著書は早速仏前に供えさせて頂きました（後略）。

先は右御礼迄。

敬具

酒井靖夫少尉（堺市）は、私が連隊本部付通信小隊へ分遣されていた頃の本部付将校として記憶し

ている。幹部候補生上がりの気さくな人であった。

まだ開戦前のことで、連隊本部が国頭郡本部町渡久地の本部国民学校に宿営していたときのことである。少尉が中心となって各隊に呼び掛け、当時は敵性スポーツとして禁じられていた野球を、ある日旺日の終日、渡久地海岸の広場で愉快にやったことが印象に残っている。

その後の少尉のことに就いて私は知らないが、手紙によって、一九四五年五月三日夜、大山方面への逆上陸に出撃した一員であったことが分かる。享年二十四歳。

※　手紙の始めにある私の送った著書とは、一九七五年三月、酒井靖夫少尉の留守家族として母しづの所在が判明したので、母しづ宛に贈呈した私の手記『沖縄戦敗兵日記』のことである。

昭和五十年三月二十八日付　大須賀謙治の手紙

拝啓陽春の候となりました。ご尊堂には益々御隆盛の由とご推察申し上げます。

過日はご鄭重なご厚志に預りましたにもかゝわらず、ご無音にいたしまして申訳ありませんでした。深くお詫び申し上げます。なおご寄贈してくださいましたご本に対し、厚くお礼申し上げます。父母の喜びは一方ならぬものがありました。深く感謝申し上げます。

私はご尊堂戦友大須賀義雄の弟でご座居ます。賜わりましたご本につきまして、父がどうしても直筆でお礼を申し上げたいと言っておりましたが、その父が風邪のため一ヶ月余り病床に臥ってしまい、礼状が差出すことができなくなりましたので、私が代筆させて戴きます。

ここに改めて、兄義雄がご尊堂に多々お世話になりましたこと、厚くお礼申し上げます。なお兄他界の折は、手厚く霊を弔らって戴きましたこと、深く感謝いたします。さぞ兄も満足いたしましたと思われます。

ご尊堂に賜りましたご本により、三十年前の兄の他界しました様子が、手にとるようにわかり、家族一同悲しみの中にも、なにか救われる思いがいたします。いままで兄の戦死の様子が皆目不明でしたものが、ご尊堂のご本により、それが明らかになり、一同喜んでいる次第であります。

人一倍子想いの父母は、ともに八〇歳近くになり、目も不自由になりましたが、一心に、二回も三回もくりかえし読み耽りました。そうしてくれぐ〲もお礼を申し上げてくれるよう申します。父母に代りてここに厚くお礼申し上げます。ほんとうに有難うご座居ました（後略）。

母がご尊堂のご本により、どうしても沖縄に参り、兄の亡くなった土地に参り、霊を慰めたいと言って居ります。

誠にご無理なお願いでご座居ますが、もしご記憶でご座居ましたら、別紙書状に兄戦死の土地の地図、部落名等をお知らせ戴けませんか、今のところ五月二日～三日あたりに参りたいと思って居ります。勝手なお願いで申し訳ありませんがよろしくお願いいたします（後略）。

敬具

第二信（同年四月九日付）

前略

大変ご親切な返事を賜りまして誠に有難うご座居ました（中略）。非常な明細な地図をいただき、兄の戦死した場所がよくわかり、父母の感激は例えようもありません。

近く沖縄へ参ります。ご尊堂よりの地図があれば、きっと兄の眠っている場所へたどりつくことができるものと思います。兄も喜んでくれるものと思います。

母も心をはずませ、まるで生きている肉親に会いにいくような喜びです。ほんとうに有難うご座居ました（後略）。

草々

第三信（同月十四日付）

前略

急に旅券が入手できまして、去る四月十二日～十三日の両日、母を伴って沖縄に出かけました。十二日十二時半より十七時まで、沖縄南部の戦跡や名所を見学し、その後、兄の戦死した場所や、埋葬した場所を探しました。

いろいろ苦労をしましたが、幸い親切なタクシーの運転士に巡り会い、「なんとしても探し出しましょう」という言葉に励まされ、それに部落の人々の好意により、探し出すことができました。それもご尊堂に賜りました地図が唯一の手がかりになりました。もしその地図がなければ、到底探し出すことは不可能であったかと思われます。ここに改めてお礼申し上げます。

目的地の根差部を知るためにも、四人の方に尋ねました。また根差部も、昔と地形が大きく変わっていました。家が多く建ち、それもすべて鉄筋で、道路も何本かでき、埋め立ても多くなされていまして、いろいろ多く人に聞きましたが、わからない人も多く困りましたが、根気強く聞き回りました。

そうして八人目ぐらいの方から、ようやくわかりかけてまいりました。その方が戦争中、暁隊を世話したという女の人を知っているというので、案内をしていただきました。

その女の方は、六〇歳ぐらいで牛の世話をして見えましたが、親切に教えていたゞきました。「私は確かに戦争中十人の暁隊の世話をしましたが、大須賀という方は記憶にない」と申されましたが、地図を見せましたら、すぐわかり、戦死した場所、それに埋葬された場所もわかりました。それにその近くに住んで見えた方も協力していたゞいて、埋葬された地点に辿り着くことができました。それも夕方の七時近くでした。

埋葬されている壕のところは、背丈以上の雑草や雑木が茂っていました。私が入ろうとしましたが、部落の方が「毒蛇がいるから入らない方がよい」といわれ、七〜八米手前まで近づきましたが、そこであきらめることにしました。

母は泣きました。「やっと義雄に会えた」といっては、また泣きました。家から持参した手作りの花と線香とを、七〜八米手前のところで供えました。

母はしばらくそこを立ち去ろうとせず、泣きに泣きました。私もただ胸がいっぱいで、そこに兄がいるようで懐しく思われ、知らず知らずの中に、涙を流してしまいました。

そこに見えた部落の方の中にも、もらい泣きして見えた方もありました。

母も、「これもひとえに野村様の厚意があったからこうして義雄に会えることができた」と、何度も何度もくり返し申しておりました。

私もやっと肩の荷がおりたような気がいたしました。母も満足いたしました。ほんとうに有難うご座居ました。なんとお礼を申してよいかわかりません。たゞご尊堂に心から感謝するのみであります。有難うございました（後略）。

草々

大須賀義雄一等兵（愛知県幡豆郡）は、私と同じ第二中隊の無線通信兵で、私より一年後輩に当たる一九四三年徴集の現役兵であった。

温厚な性質で、伸びのびとした長身の体躯、まだ少年のような豊頬の面立ちが印象に残っている。

一九四五年五月三日の昼過ぎ、那覇港内入江の奥に在る根差部高地東方の、元通信分隊宿舎であった道路端の茅葺き屋根の民家で、その夜の逆上陸出撃に備えて大須賀は僚友の佐藤敏夫一等兵（岡山県出身）と仮眠中、突如艦砲弾が付近に落下し始め、驚いて上体を起こした途端に、砲弾の破片を正しく鳩尾《みずおち》に受けて即死した。

麓の通信分隊壕にいた分隊長と私と牧野・芹沢の四名は、「大須賀が殺られました！」と、壕内に駈け込んで来た佐藤の話を聞いて、一瞬、不吉な思いに襲われた。出撃を前にしてのことである。

だが、死体の処理は急がねばならぬ。一同は高地上の元宿舎に向かって急いだ。

そして砲撃下に、大須賀の遺体を戸板に乗せて元宿舎から運び出し、分隊壕入口を覆う南京ハゼの根元に埋めた。享年二十二歳。

※　一九七五年三月、留守家族判明により、謙治の父あて手記『沖縄戦敗兵日記』を贈呈。

昭和五十一年（一九七六年）一月二十九日付　塩野俊之の手紙

二人兄弟の兄、母の待つ故郷、再び我が家へ帰ったのは、昭和二十二年（一九四六年）九月二十二日、白木の箱の中、マッチ箱大の塩野彌一郎と書かれた木片一つ。以来、肉親の手で必ず遺骨を、叶わねば戦場の石一個でもと、母と語り、霊に誓いました。戦記、映画など、むごく見る気になれませんでした。

念願三十年、昨年末、私の息子を伴って、兄の墓詣りに行って来ました。二十年（一九四五年）六月二十二日時刻不明、沖縄本島摩文仁に於て戦死とのことでした。私の想像では、一かつした戦後処理ではないかと思われます。砂糖きびの起伏した丘から、摩文仁の丘に銀色に映るさんご礁特有の沖縄の地をふみながら、落ちつかない目、さまざまな想いをめぐらしながら、群馬の塔のかたわらに、父と母の墓土を埋めてまいりました。

兄貴よ　念願三十年　やっと来た　話相手を連れて来たぞ　親父とおふくろだ　三十年の空虚を埋める程語りあかせ　見てくれ　これが俺の倅だ　兄貴の血　俺の血を分けた後継者だ　この倅は俺の気持がわかっている　通じている　連れて来てよかった　意義があった　この兄貴の沖縄の土の感触を　俺の心と共にきっと継がせる　安らかに眠ってくれ

誠に感無量というか、年甲斐もなく涙を流してまいりました（中略）。十九年一月広島へ入隊、六ケ月通信教育を径て、敵潜の行動に脅かされながら、和歌山・芝浦・九州と出発地の変更の末、沖縄へ（後略）。

塩野彌一郎一等兵（前橋市）は、「留守名簿写し」に載せられているので、私と同じ部隊の兵であったことが分かった。

実弟の俊之氏からは、なぜ私に問合わせて来たかの記述が抜かっているが、これも地元（群馬県世話課）の紹介によるものであることが連絡を取って分かった。

しかし塩野彌一郎一等兵は、同じ部隊でも私とは所属を異にしていたに違いない。記憶にないのが残念である。

手紙によれば、「二十年（一九四五年）六月二十二日時刻不明、沖縄本島摩文仁に於て戦死」とのことであるが、部隊の戦闘地域は与座岳（摩文仁北西五キロ）付近であった。南端の摩文仁で彼がなぜ戦死したのか不可解である。

平成十一年（一九九九年）三月十五日付　乳井栄治の手紙

拝啓

三月も半ば、雪国の秋田にも、漸く春の訪づれが聞えるこの頃です。

只今思いがけなくも、弟久男の所属部隊で生き残りの貴方様が、「船工26の沖縄戦」を出版して下さいました報に接し、有難く感謝一杯の思いです。

戦後五十有余年、父久米吉　昭28年没、母セツ　昭2年没。兄弟五人、長兄昭14年（一九三九年）北支戦死。次兄昭16年中支戦死。

小生三男で兵役は昭15年、満洲ソ満国境警備三年、昭18年除隊で内地帰還。昭19年召集、内地を点々として、甲府で終戦を迎えた次第です。

家業の食料・雑貨・酒類卸業を継ぎ、昭和65年退職。家内と二人郊外で暮らしています。80才、73才です。

丁度隣りに甥一家五人（戦死した長兄の息子）が住んでいます。家業を継いでいます。一人の姉は病床です。

以上一族の状態で失礼です（後略）。

春にさきがけこんな懐かしい有難いお便り頂き、よくぞ出版にふみ切った御心境に重ねて感謝申し上げます。

御主旨に甘いまして、早速二冊お願い致します。

どうぞくれぐれ御健勝の程お祈り申し上げます。

敬具

第二信（同月二十二日付）

前略
早速二冊送って下され、熱情に恐縮しています。先づ十年の歳月をかけ、よくもこんなに綿密に生々しく書いたものと、唯々その執念に驚きました。よくぞ生き残ってくれて、この記録を遺族に一人でも多く、又戦争を知らぬ戦後の人々のためにもと思って書いて下さった思いに、厚く感謝致します。

丁度彼岸の最中に届き、墓詣りもひとしほ意義深いものがありました。兄弟中の末子でしたが、極めて豪放磊落、それで又出陣の時に、家族親戚の一同にお茶をたててくれたりしたことを思い出しています。

大陸に行くとて拓大に入学して、出征前に宣撫班の様な組織の会社に就職が決っていました。ただ、負傷戦病死は、どんなに無念であった事かと思っています。

最期の報をしてくれた石田少尉さんも、死去なされ、御冥福をお祈りする次第です。

心血をそゝいで書いて下さいました「船工26の沖縄戦」この記録で、弟久男の従軍の模様がはっきり分り、ほんとに安堵致しました。両親兄達の佛前に供しています（後略）。
くれぐれも御自愛下され、御多幸をお祈り申し上げます。

早々

乳井久男少尉（大館市）は、開戦前の部隊の配置で述べたとおり、第二中隊の第一小隊長で、同小隊は座間味島の海上挺進第一戦隊に分遣されていた。

乳井少尉と私は、同じ第二中隊であったが、私は通信文隊に属していたので、親しく接することはなかった。しかし少尉が如何にも逞しいタイプの人であったことだけは確かに憶えている。

乳井少尉のことに就いては、第十一船舶団司令部に派遣されていた元連隊本部付の石田四郎少尉（東京都渋谷区）から聞かされた話がある。

慶良間列島に米艦隊が来攻した一九四五年三月二十三日昼、座間味島巡視の第十一船舶団長大町茂大佐（広島市）に随行していた石田少尉が、敵機の銃撃を避けて駆け込んだ橋の下に、偶然乳井少尉と兵数名がいて、乳井少尉と暫く話し合った。乳井少尉は、秋田訛りの強い頑丈な体躯の人であったと私に話していた。

石田少尉は、大町大佐が特攻艇で本島帰還を決行した時、渡嘉敷島に残されて第三戦隊長赤松大尉の指揮下に入り、同島で終戦を迎えている《野村註》。

乳井少尉の最後に就いては、「留守名簿写し」に、〝秋田県出身　昭和二十年三月二十八日戦死　少尉乳井久男〟との記述がある。

しかし石田少尉は、「乳井少尉は、負傷して病死したと渡嘉敷の我々には伝えられて来ていた」と言っていた。享年二十四歳。

※　一九九九年三月、留守家族が判明したので連絡をとる。『船工26の沖縄戦』は、当時の自分の日記に併せて、部隊の軌跡を追及したものである。一九九八年六月、高知市の亜細亜書房で出版した。

《野村註》
大町大佐の本島帰還は失敗し、部下四名と共に行方不明となっている。

乳井小隊（寺師小隊合同）の戦闘

一九四五年三月二十六日の朝、日本軍が守備する慶良間列島内の座間味島・阿嘉島・慶留間島・外地島には、侵攻して来た米軍が上陸。

翌二十七日朝には渡嘉敷島にも米軍が上陸。いずれの島も数日で制圧された。

座間味島には海上挺進第一戦隊百四名、阿嘉島・慶留間島には海上挺進第二戦隊百四名、渡嘉敷島には海上挺進第三戦隊百四名が、勤務隊約百五十名、整備中隊約六十名、特設水上勤務中隊約三十名、朝鮮人軍夫二百名乃至三百名を各指揮下において配置されていた。

各戦隊とも約百隻の特攻隊（敵艦船を体当たり撃沈破するため各艇に百二十キロ爆雷を二個搭載）を保有していたが、軍司令部の許可なく使用することを禁じられていたため、その力を発揮することもなく、米上陸軍の前に敗退し、島の山地に拠って終戦の日を迎えた。

阿嘉島・慶留間島・渡嘉敷島の三島は、米軍が制圧後引き揚げたので、犠牲も少なく、第二・第三戦隊とも配属部隊を伴い、終戦までその隊形を保って米軍に降伏した。

だが、第一戦隊長を指揮官とする座間味島は、同島が列島内の中心的な島であるため、米軍もこれを必要として再度攻撃し、掃討を繰り返したので、多数の死傷者を出した。

特に四月十二日に迫撃砲弾で大腿部骨折の重傷を負っていた第一戦隊長梅沢裕少佐が、五月半ば過ぎ米軍に捕われたことによって、同島日本軍の崩壊は決定的なものとなった。（野村註 一）

座間味島の第一戦隊には、船舶工兵第二十六連帯の第二中隊から、第一小隊の乳井小隊（乳井久男少尉以下約六十名）が派遣されていたが、海軍砲を大発三隻で輸送し、揚陸待機中であった同中隊第三小隊の寺師小隊（寺師清照少尉以下推定四十名）も、当日の戦闘に巻き込まれた。

三月二十六日午前九時頃、米軍主力が座間味部落正面に、一部が古座間味海岸に上陸を開始。戦隊長は勤務隊・整備中隊・乳井小隊（寺師小隊合同）を米軍上陸地点に配置して応戦さしたが、戦車を前に立てての米軍の攻撃には抗し切れず、各隊は次第に背後の山地へと押されて、午後には島の平地は完全に米軍に制圧された（野村註二）。

その後、山地に拠った座間味島の戦隊及び配属部隊は、前記のとおり、米軍の再度の攻撃を受け、掃討を繰り返されて、分散し崩壊していった。

乳井小隊（寺師小隊合同）の死没者状況に就いては、『沖縄方面陸軍作戦』に次のとおり記述されている。

船舶工兵第二十六聯隊　三三一名

なお、寺師少尉の最後に就いては、「留守名簿写し」に、〝鹿児島県出身　昭和二十年七月二十七日戦死　座間味島　少尉寺師清照〟と記載されている。

乳井小隊（寺師小隊合同）の戦闘に就いては、乳井小隊の帰還者である土居勝一等兵（現在は浜田

[乳井小隊（寺師小隊合同）の戦闘]

注：本図は「沖縄方面陸軍作戦」挿図21を
参考にして作成。

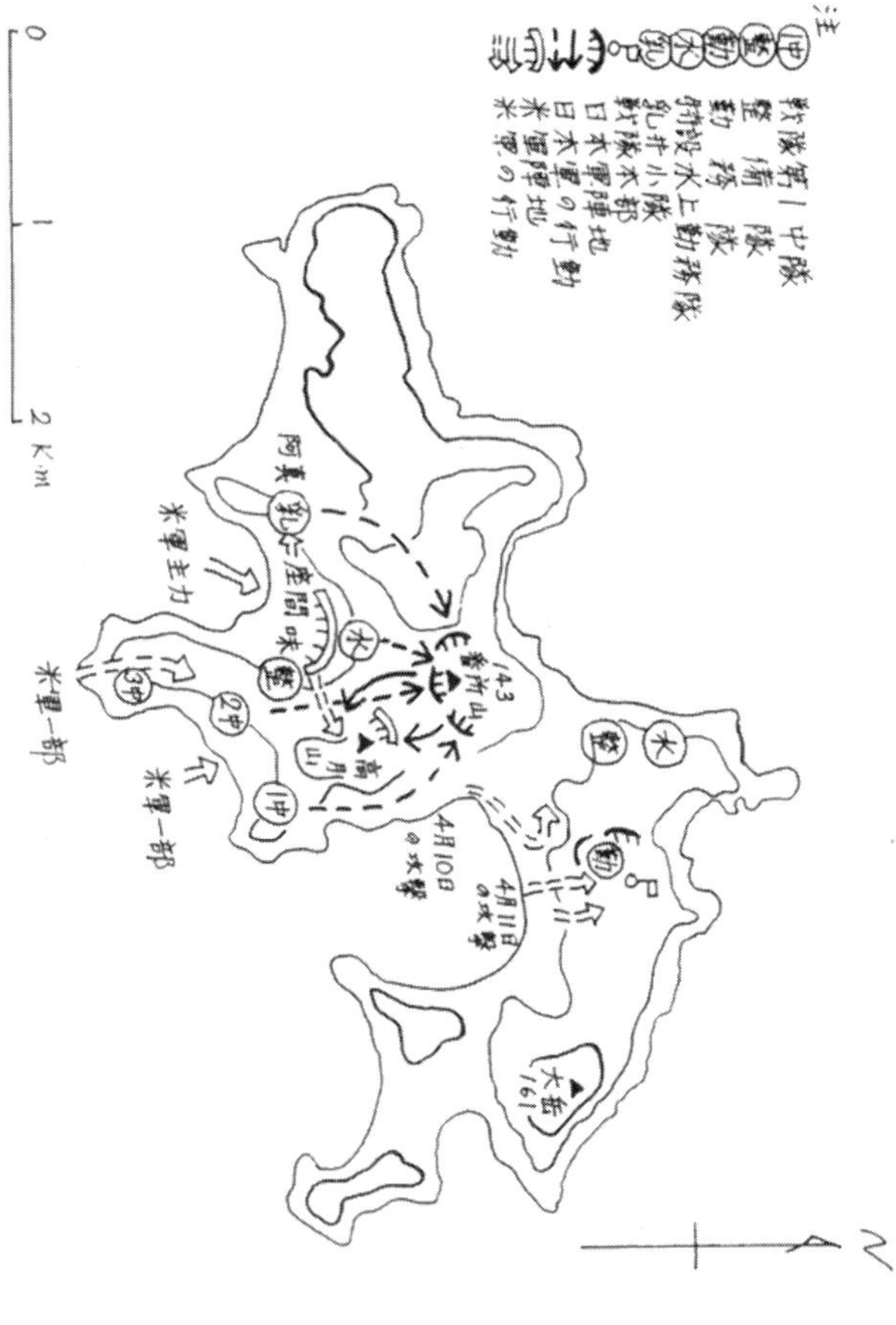

勝・宇和島市・重機関銃射手）の話を中心にして纏めた。

彼は座間味島の大岳の近くの尾根の灌木の茂みに、勤務隊の一等兵（東京都出身とまでは憶えているが氏名は忘れている）と一緒に潜んでいたが、昭和二十年九月下旬、尾根の隠れ場所に顔見知りの防衛隊員がやって来て、日本の敗戦を知らされ、翌日、米軍に投降したと言っている。

《野村註》

一、米軍は座間味島を制圧後、レーダー基地・高射砲陣地・仮収容所などを設置した。

二、戦隊は水上特攻の部隊で、陸戦の装備は貧弱であった。『沖縄方面陸軍作戦』に次の記述がある。装備　機関短銃九のほか、各人拳銃〈弾薬数発〉、軍刀、手榴弾を携行。

平成十一年四月十四日付　大山昭の手紙

前略御免　私は沖縄戦で戦死している亡寺師清照の弟であります。

先般から、兄の戦死の時の始末記「船工26の沖縄戦」を出版されたとのお話を承わり、当時のことを懐かしく思っている次第です。

是非この始末記が欲しいものと思い、申込みをさしていたゞきたいと思います。

昭和30年（一九五五年）頃ではなかったかと思いますが、遺族の方々の慰霊団が編成され、これに加わり沖縄に行きましたが、兄の戦死公報が座間味島となっておりましたので、色々手配しましたが、当時は船便もあまりなく、残念乍ら行けませんでした。

このような時に、今回の始末記は、当時を忍ぶ何よりのものと思い、是非閲覧したいものと思っております。

又この始末記を完成するまでの御貴殿のご苦労に対し、深く敬意と感謝の念で一ぱいであります（中略）。貴殿の御健勝とご多幸をお祈り致します。

早々

寺師清照少尉（鹿児島県川辺郡）は、前掲の「乳井小隊（寺師小隊合同）の戦闘」で述べているとおり、第二中隊第三小隊の寺師小隊の小隊長であった。

私は通信分隊に属していたので、寺師少尉に親しく接することはなかったが、知的な爽やかな感じの人であったことが印象に残っている。

「留守名簿写し」に記されている寺師少尉の〝昭和二十年七月二十七日戦死〟は、米軍の掃討によるものと推測されるが、終戦を間近にしてのことであるだけになお悔まれる。享年二十四歳

平成十年十二月二十一日付　細野静江の手紙

前略失礼させて頂きます。

十二月十日、野村様のお手紙読ませて頂きました。書面に有りました細野善次郎。夫の名前です。本当になつかしく、涙がこぼれて致し方ありませんでした。

前に出版された沖縄戦敗兵日記も読ませて頂きました。何十年過ぎても夫、戦死した夫、一日も私の頭から、はなれた事は有りません。

結婚生活は三十日余りで、子供も居りませんが、第二の人生も歩めず、私人生を、善次郎に捧げてしまいました。一日も長く生き、霊を守り度く思って居ります。

此の度出版された本、是非読ませて頂き度く、お願い致します。私の命のあるかぎり、何度もくり返し読み続けるでせう。

沖縄にも四度行って来ました。来年もお参りに行き度く思って居ります（中略）。御返事おそくなりまして申し訳有りません。

早々

第二信（平成十二年八月三十日付）

毎日非常にお暑い日々が続きます。秋風の訪れを待ちわびる昨今です。私も元気で遺族会の役員の一人として、会合と伝達日々頑張って居ります（後略）。

お尋ねの件に付きまして公報でわ、昭和二十年（一九四五年）五月四日、沖縄本島嘉手納方面にて戦死と示されて居りました。

階級陸軍曹長、所属部隊船舶工兵二十六連隊とだけでした。公報の来ました時は、昭和二十二年三月二十九日。白木の箱の中には、名前を書いた木の札だけでした。

五十余年過ぎても思い出す度、涙が出て留まりません。私達結婚して三十五日で出征され、その后、戦死されました。遺品一ツ帰って来ません。

私も野村様と同年生れ《野村註》です。誕生日十二月二十五日です。再婚は致しませんでした。夢中で生きて来ました。

平成七年、沖縄本島摩文仁の丘に、平和の礎が出来ました。善次郎の名前が刻名されて居りますので、昨年は弟とお参りに行って来ました。

摩文仁の丘に神奈川の塔もありますので、沖縄には五回程行って居りますが、生きてるかぎり足の丈夫のうちは、お参りに行き度く思って居ります。

今は私も平和な日々を過して居りますが、子供が居りませんので、私の死後の心配だけです。

弟に「姉さん息が無くなれば、何もわからないんだよ。大丈夫だから、生てる中、一生懸命楽しみなさい。そして出来るだけ長生きして下さいネ」と悟されました。

野村様のお便り頂く度、何か身近な方に感じ、懐しく思います（中略）。これからも一日でも長く生き、善次郎の霊に線香をたむけ度く存じて居ります。

野村様も健康には充分御留意の上、御活動下さいますよう心よりお祈り致して居ります。

何分にも乱筆乱文にて、失礼致しました。

《野村註》

一九二二年。

細野善次郎曹長（横浜市保土ヶ谷区）は、私の記憶にない人である。

第一中隊の帰還者井上峯雄伍長（愛媛県周桑郡）にも照会してみたが、「第一中隊の人ではない」との回答があった。

しかし曹長の戦死の日が、出撃した翌日の五月四日で、場所が嘉手納方面であることから推測して、材料廠の人ではないかとの思いを強くした。

その訳は、舟足の速い海上挺進第二十九戦隊の特攻艇に分乗した材料廠の隊員が、上陸地点である大山を通過して嘉手納（大山北東十キロ）付近でも戦死しているからである。

破棄した手紙

部隊長佐藤小十郎少佐の遺族から私に寄せられた手紙と、大隊長甘庶大成大尉の遺族から私に届けられた手紙に就いては、爾後、好まれぬ応対であると判断して破棄した。

しかし部隊主力を率いて出撃した部隊長も、部隊長に残存部隊の後事を託された大隊長も、共に前後して部隊を統率して来た人である。双方の遺族からの手紙に就いては、記憶にあるその要点と、好まれていないと判断した応対に就いて、正直に述べて置きたい。

1

一九七五年三月、厚生省援護局からの回答書に依って、部隊長佐藤小十郎少佐の留守宅を知らされた私は、部隊長追悼の思いを込めた手紙と、贈呈の手記『沖縄戦敗兵日記』一冊を留守宅あて送付した。

しかし、手紙も本も返送されては来なかったので受け取られた筈ではあったが、返辞は来なかった。

追悼の手紙に対する謝辞は措くとしても、〝送った本が兵の手記で、早期に戦死した部隊長に就いての記述が少い〟そんなことが気に障って無視されたかも知れないと私は思った。

二十三年後の一九九八年六月、高知市の亜細亜書房で、手記『船工26の沖縄戦』を出版した私は、同書房に依る書店への委託販売の脇で、一部の贈呈先を除いて、知る限りの部隊関係者（遺族・帰還者）に呼び掛けた。

手紙に説明を加え、なお代価を取るのは心苦しいが、定価千八百円を千六百円に下げて送料は当方持ちにする旨を記し、地元新聞（高知新聞）紹介のコピーも同封した。

同年十二月、秋田県の購読者から、「戦後何年か経って、部隊長の実家を訪ねたことがある」と、部隊長の長男佐藤弘氏（北秋田郡）に就いて教えられた私は、佐藤弘あての手記紹介の手紙を出した。

翌一九九九年一月、佐藤弘氏から手紙が来た。その手紙には、五冊分の定額小為替八千円を同封して、〃大館市の長男の家に居たので返事が遅くなりました。今は長年の高校教諭を退職して、冬期は長男の家で孫を見ていますので、本はこの家に送って下さい。父が戦死したとき私は十四歳で、戦争のことは解りませんでした。貴方の出版には感動しました。期待しています〃といったことが書き込まれていた。

翌日、礼状とは別に、要請のあった手記五冊に贈呈の一冊を添えて、私は佐藤氏あて郵送した。

しかし、手記を要請して来た手紙の内容とは裏腹に、佐藤氏の読後の感想を聞くことは出来なかった。〃正確な部隊の記録〃として、部隊関係者からも相当の評価を得て来ているので、この点、佐藤氏にも理解して貰えるものと私は期待していたのだが、外れてしまった。

同年九月、『船工26の沖縄戦』の付録『将校一覧』を私は上梓した。

『船工26の沖縄戦』では、構成上、主立った将校以外の将校に就いての記載は省いて来ている。

しかし、終戦直後に復員局で作成された「船舶工兵第二十六聯隊留守名簿」の写しでも、さすがに将校の戦死に就いては、その期日場所が抜かりなく記入されて来ているので、予てから、部隊の将校全員の最後に就いては書いて置くべきであるとの考えを私は持っていた。

沖縄戦に参加した部隊の人員は千四名であるが、その中の将校は三十名で、二十八名が戦死。准士官は九名で、八名が戦死という数になっている。

ともかく『将校一覧』を出版後、手記『船工26の沖縄戦』購入に対する礼の意味も込めて、封筒に贈呈と印して『将校一覧』を一部、佐藤氏に私は送った。

だが、この時も返辞は来なかった。


部隊長佐藤小十郎少佐は、中年の眼鏡を掛けた精悍な感じの人であった。

少佐を語るに相応しい話がある。それは緒戦当時、那覇港西方八キロの神山島米軍砲兵陣地からの首里主陣地への砲撃（射距離二万メートル以上）に対し、これに対抗する砲のない日本軍は手を拱くばかりであったが、このとき少佐は四月八日夜、部隊の西岡健次少尉（山口県出身）以下二十五名の刳舟に依る神山島米軍砲兵陣地への斬込みを決行させ、数日間、神山島米軍砲兵陣地を沈黙させた。

その成果は軍司令部より全軍に喧伝されて、部隊には感状が授与された。

この神山島斬込みは、少佐の立案によって、軍司令部からその命令が裁下されて来たものであった。ともかく神山島の斬込み以来、部隊は通称が暁一六七四四部隊であることから、他の部隊から「斬込みの暁部隊」との威名を貰って、部隊の誇りにもなっていた。

部隊は軍司令部の直轄部隊であった。兵の主力は三年兵（一九四二年徴集の現役兵）で、その大部が野戦帰りの戦場体験者で、武器弾薬には余分がある程に恵まれていた。

以上のことが影響して、部隊は陸戦でも特に勇戦した部隊として、『沖縄方面陸軍作戦』にも記載されている。

今から思えば、壊滅する部隊の前途を予測していたのであろうか。日頃から少佐は、我々兵を叱咤したり、演習訓練で酷使するというようなことは一切やらなかった。開戦の日までは、随分のんびりと過ごさせてくれたものであった。

しかし開戦後の少佐は、如何にも積極的に行動して、わずか一か月後の軍総攻撃で果てた。五月三日夜、部隊主力六百余名を率いて大山方面への逆上陸に参加し、牧港で戦死したのである。

部隊の最高指揮官である少佐の死は、余りにも早い最後であったが、部下将兵は、率先垂範した少佐の遺訓を体して、最後まで敢闘した。

出撃当日の少佐のことに就いて、乾少尉（高槻市）はその記録に、〝連隊長は刳舟に座乗したが、嘉数の連隊本部壕前で細やかな出陣式を挙げ、冷酒を呷った茶碗を足下に叩き付けて砕き、「生きて帰らず！」との決意を示した〃と述べている。

2

一九七五年三月、厚生省援護局からの回答書によって、大隊長甘庶大成大尉の留守宅を知らされた私は、大尉の戦死を追悼する手紙と、贈呈の手記『沖縄戦敗兵日記』一部を留守宅あて郵送した。

四月末に、大尉の遺児甘庶和成氏（福岡県糸島郡）からの手紙が来た。

手紙には、〝戦死直前の父の様子を知ることが出来て感動しましたと述べ、祖父は九十、祖母は八十半ばの年齢を示して、父の戦死後、母は再婚し、私は祖父母に育てられて来ました。その祖父母が、死ぬ前に一度会いたいと申していますので、是非、来訪ねがいます〟といった旨のことが記されていた。

しかし甘庶大尉は私にとって、直属の上官である中隊長などとは違った大隊長という遠い存在であった。率直に行かねばならぬという気持ちには私はなれなかった。

私が遺族に手記を贈呈して来たのは、故人が生きていた当時の実状の一端でも知って貰えればとの気持ちからであったが、手記を受け取ったどの遺族からも感謝の手紙が寄せられていた。私を訪ねて来る遺族もいたが、これでいいのだと私は思っていた。

手記を送った先の遺族から、訪問の要請を受けたのは初めてである。それも親代りに育ててくれた祖父母の稀な高齢を示して、「死ぬまでに一度会いたい」と申していますのでと結んであった。

このとき私は、高知刑務所庶務課の名籍係として、収容者の法的事務に専念していた。名籍係は私の他にも一人いたが、ともかく少しの過誤でも所長の責任問題となって、自分の命取りになるきつい仕事である。折柄、施設には移転の問題が間近に迫って、既決収容者を他収容所に移送して削減するなど、仕事は多忙を極めていた。

ともかく伺うことは、施設の移転が終わって、落ち着いてからのことにして貰わねばならない。しかし施設の移転は、防犯上、特に秘密にして行なわれるべきものなので、これを部外者に知らすことは出来ない。曖昧な返事になるが、職務上の事情があって、暫くは動きが取れないと私は手紙に書いて、甘庶和成氏に送った。

その直前であった。私は高知大丸デパートの技師宮地敏朗氏に招かれて、甘庶大尉の妹御の夫である山崎信行氏（前原市）からの言付けを聞かされた。

山崎氏は宮地氏の戦友で、呼ばれて三十年振りに会って来たとのことであったが、山崎氏の私への言付けは、勿論、甘庶家への訪問を要請するものであった。

十月末に、高知刑務所は高知市丸ノ内から、約八キロ東方の布師田《ぬのしだ》へ無事移転した。

しかし、尨大な書類の整理と共に、移転前に削減されていた既決収容者が増加されて来ることになって、私は益々仕事に追われることになった。

その間にも和成氏からは、何度か来訪を求める手紙が来たが、出向く決断が私には付かずに日は延びていった。

翌七六年の初夏、甘庶大尉の同期で中国では同じ部隊にいた元大尉梅崎稠弘《しげひろ》氏（一宮市）が、高知市内の元部下の案内で、高知刑務所庶務課に私を訪ねて来た。

甘庶家への訪問を要請するものであったが、梅崎氏は慇懃に私の職務上の問題や、甘庶大尉との関わりなどに就いて尋ね、私の上半身をミニカメラにおさめて辞去した。

梅崎氏は、〝弔問に出向くことが、元部下としての勤めではないか〟といった口吻を私に洩らしていたが、甘庶家の人々もそのような考えを私に持っているとしたら、〝書いたもので部隊の関係者すなわち遺族や帰還者には応えて行きたい〟という自分の主義に障る問題である。特に元の階級にはこだわりたくないと私は思った。

しかし私はまだ出向く気持は持っていたのだが、そのうちに和成氏からの手紙は途絶えた。元兵士の素直に要請に従わぬ態度に業を煮やして見限ったであろうが、これで私も出掛ける潮を失った形になって、結局、甘庶家への弔問は流れてしまった。

和成氏からの私への手紙は途絶えたが、和成氏の義兄である前記の山崎信行氏とは、私は年賀状を取り交わしていた。

一九九八年六月に出版した手記『船工26の沖縄戦』には、山崎氏から軍服姿の甘庶大尉の写真提供を受けていたので、翌月私は同氏あてに、贈呈の手記二部を送った。

そのとき甘庶和成氏にも、山崎信行氏宅気付にして、「御尊父様の御仏前に捧げて下さい」との手紙を添えて、贈呈の手記一部を送った。

早速山崎氏からは、礼状と共に出費の足しにして下さいと二万円の送金があり、手記を二部求めて来たが、二部では心苦しいので八部を送付。

続いて山崎氏は、知人が感激している四、五冊でいいから送って欲しいと一万円送金して来たので、私は贈呈の分と前回の分とを合わせて手記の代価に相当する部数にしなくてはと、七部を山崎氏に送った。

和成氏からは、何の返辞も来なかった。

一九九九年九月に『船工26の沖縄戦』の付録『将校一覧』を上梓した私は、同月末に、前回の山崎氏の配慮に対する感謝の意を込めた手紙とは別に、贈呈の付録十部を山崎氏に送った。

だが、この付録十部に対して、山崎氏は何の返辞も寄越さなかった。

私は部隊関係者に対しては、手記の贈呈はもとより自主販売にしても、犠牲を承知でやっていることで、相手に金銭的負担を掛けたり、迷惑を掛けたりして来てはいない。

しかし、卑しむ目を以て山崎氏には見られているかも知れないと私は思った。

翌二〇〇〇年正月、山崎氏から年賀状が来たが、私は年賀状を返さなかった。

大隊長甘庶大成大尉は、白皙長身の毅然とした三十代の人であった。福岡県糸島郡の禅刹の住持で、当時の剣道界では数少ない錬士四段という異色の軍人であった。

一九四五年五月三日の夜、連隊長佐藤小十郎少佐が部隊の主力六百余名を率いて大山方面への逆上陸に出撃後、甘庶大尉は大隊長として、残留部隊約三百名の統率者となった。

従って、爾後、残留部隊は甘庶大隊と呼ばれ、公刊の戦史にもその名を以て記されて来ている。しかし大隊とはいっても、中隊にも等しい人員の部隊でしかなかった。

この大隊の部隊行動としては、「宮城へ出撃」「部隊の終末」で既に述べて来ているが、その前に執られた「五月中旬の出撃」に就いては後述する。

なお宮城への出撃に就いては、補筆して置くべきことがある。宮城への出撃は、「海軍山口大隊の救援」と当時の我々には伝えられていたが、その本旨は、〝南部に退却する前線部隊（第六十二師団）の南下を保護する拠点（宮城）の確保〟で、残置部隊としての任務であったことを、戦後になって初めて私は知った。

『沖縄方面陸軍作戦』にもそのことが記述されているが、当時の我々には知る由もないことであった。退却する味方の部隊を保護するための拠点に配される残置部隊は、古来より至難な部隊と伝えられて来ている。

あの負け戦の中で甘庶大隊が至難な残置部隊として遣わされたことは、軍司令部がそれなりに甘庶大隊の戦力を認識していたという証左ではなかろうか。

『沖縄方面陸軍作戦』にも、甘庶大隊のことは大要記載されていて、「積極的に活動している。米軍に一歩もゆずらぬ戦闘をした」

などの言葉を以て結ばれている。

ともあれ大隊は、五月二十八日夜半、軍命に依って宮城を撤収し、南下して翌二十九日早暁、与座岳西麓に到達。

五日後の六月三日早朝、大里の広い草原の凹地に大隊の残存者は集結して、工兵第二十四連隊（山三四八一部隊）各隊への分散配属を大隊甘庶大尉より伝えられ、大隊としての行動に幕を閉じた。

この日の光景は、今もなお忘れることが出来ない。空は暗く砲声は絶えていた。集結した大隊の残存者は百名ほどであった。皆、窶《やつ》れ果てて衣服は汚れ、眼が異様に光って見えた。

甘庶大尉は、凹地の緑の白っぽい岩の上に、軍刀を両手で杖ついて立ち、一同を見詰めていた。これが私にとっては、最後に目にした大尉の姿であった。

大尉は工兵第二十四連隊本部に配属になり、六月二十日、与座で戦死している。与座岳の北西一キロの地点である。享年三十歳。

補記

五月中旬の出撃とその犠牲

一九四五年五月三日の部隊主力の大山方面への逆上陸出撃後の同月半ばに、二つの出撃が行なわれていた。

一つは天久台《あめくだい》（那覇港北約三キロ）への逆上陸で、いま一つは西方海上での敵艦船攻撃である。

天久台への逆上陸に就いては、「五月十八日夜、五十名と共に斬込み、兵三名戦死者を出した」との話を、材料廠の大石英俊少尉（相模原市）から、乾少尉が聞いている。

『沖縄方面陸軍作戦』には、〃五月十二日夜、クリ舟による天久台北方地区への逆上陸〃の記述がある。

また『沖縄戦日誌』（第10軍G2㊙報告書・上原正稔編・沖縄タイムス社）には、〃第六海兵師団、十三日零時45分、六、七隻の日本軍船舶が、天久に逆上陸を試みる。船舶は破壊され、四十人の日本兵が岩礁で戦死〃との記述もある。

西方海上での艦船攻撃は、乾少尉の『船舶工兵第26連隊戦闘経過概要』に、〃5月中旬、甘庶大尉を残置隊長として、刳舟に海軍航空隊の爆弾を搭載し、西方海上の敵艦船に対し、肉薄攻撃を行う。5～6隻編成で、数艦隊が出撃した。この作戦で約30名戦死〃と記されている。

［五月中旬の出撃］

西方海上の艦船攻撃
(5.10～5-20)
天久台～逆上陸
(5.12～5.18)
N
牧港
石 64旅
石 63旅
天久
首里
那覇
石 62師
垣花町
真玉橋
小禄
海軍
根差部
嘉数
山 24師
球 44旅
0
5

弾薬挺進輸送隊とその犠牲

沖縄戦も後期に近い一九四五年五月中旬から下旬にかけて、俺美守備隊に派遣されていた徳之島の第三中隊（原田充大尉指揮）は、奄美守備隊長の命に依り、弾薬挺進輸送隊を編成し、二次にわたって沖縄本島の守備軍へ派遣した。※

第一次は、長良治雄少尉（岐阜県出身）以下十八名が五月中旬夜、与論島を発ち、第二次は、斉藤邦夫軍曹（青森県中津軽郡）以下十八名が五月下旬夜、与論島を後にした。いずれも刳舟三隻に可能な限りの迫撃砲弾を搭載し、着物姿の住民の扮装で、夜陰に乗じ潜行した。

爾後、両挺進隊員の消息は摑めず、全員が戦死したものと第三中隊では認定していた。だが戦後になって、斉藤邦夫軍曹・大野一郎伍長（岐阜県）の他に、兵五名を加えた七名の生存が確認された。

長良治雄少尉に就いては、「留守名簿写し」に、〝昭和二十年五月二十五日戦死〟〝本島周辺〟と記されている。慶応義塾大学の野球部で、名二塁手として鳴らした人であったといわれている。享年二十五歳。

※　奄美守備隊（独立混成第六十四旅団長　高田利貞少将指揮）

[弾薬挺進輸送隊]

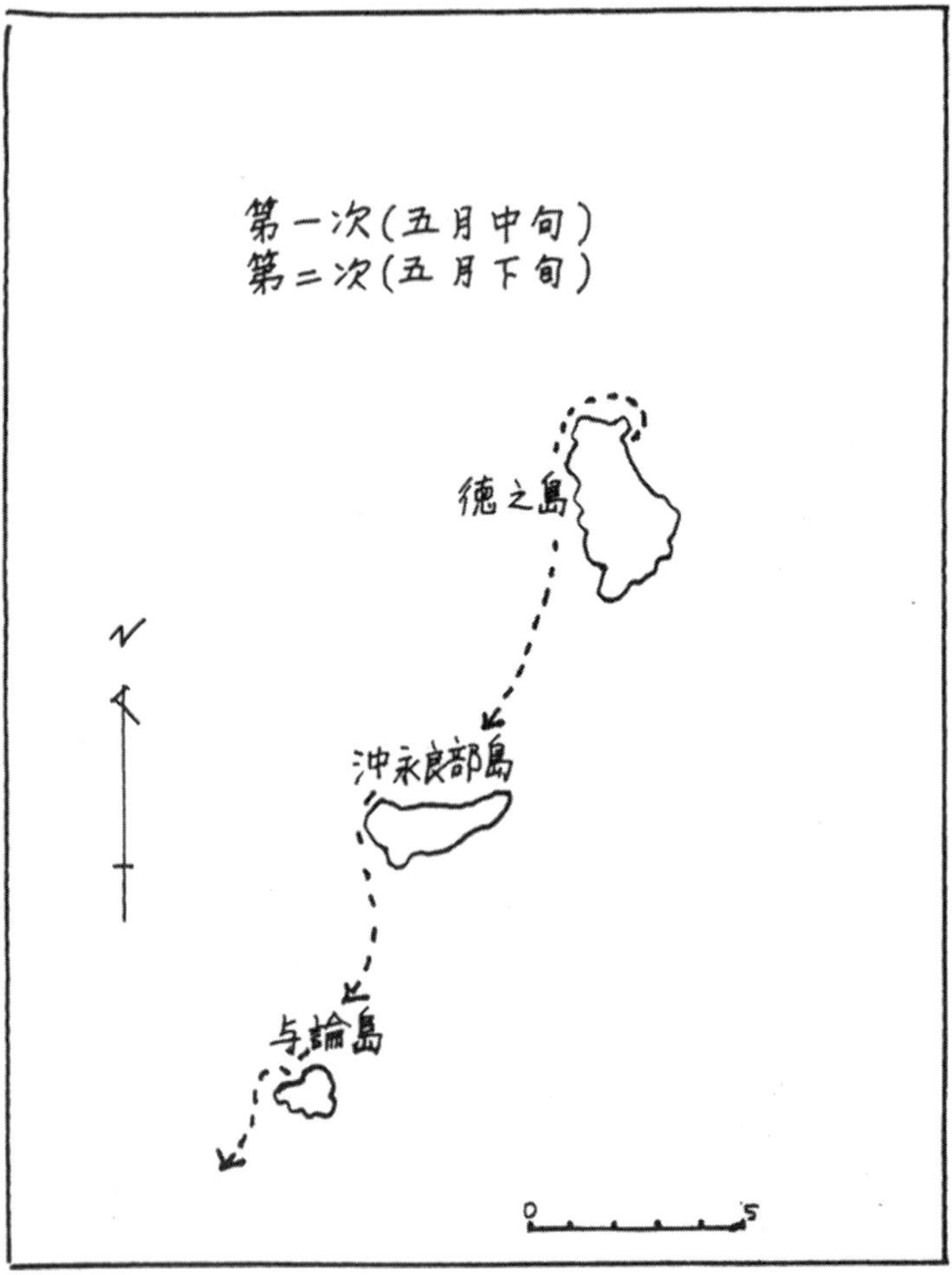
第一次(五月中旬)
第二次(五月下旬)
徳之島
沖永良部島
与論島
N
0
5

帰還者五名の部隊壊滅後の行動

戦後になって、一九四五年六月三日朝、工兵第二十四連隊へ配属した部隊残存者の殆どが、日本軍の組織的抵抗の途絶えた六月二十二日までの間に、与座（与座岳北西約一キロ）と新垣《あらかき》（与座岳南西約一キロ）で戦死していることが判明した。

工兵第二十四連隊へ配属した部隊の残存者で、その帰還が確認されている者は、乾少尉と大石少尉、田口幸雄一等兵（岐阜県）、これに私と馳平を加えた五名だけになっている。

私と同年兵の馳平民三一等兵（新宮市）・大橋一等兵・一年後輩に当たる牧野金一上等兵・芹沢忠一一等兵（静岡県出身）の五名は、与座岳西北麓の壕に待機していた工兵第一中隊へ配属していた。

六月十一日に牧野が戦死したことは、彼の回想で既に述べた。

が、翌十二日の夕刻には、山際の水汲場に出掛けていた大橋が、砲弾で両脚を吹っ飛ばされて即死した。

二十二日の早朝には、南の壕入口で芹沢が手榴弾の破片を腰部に受けて工兵隊兵士に担ぎ込まれて来た。そして間もなくであった。三つの壕入口全部を、敵が爆雷を掛けて塞ぎ、壕内の八十余名が生き埋めにされてしまった。

だが日没後、足腰の立つ者六十名ほどが中央の壕入口から脱出。国頭を目指した。

私は馳平と本島中部まで北進したが、北中城村字喜舎場《きたなかぐすくそんきしゃば》の米軍阻止線で、私が銃創（右肩甲部貫通銃創）を負ってからは、二人で四キロ南の新垣の山に避難。その後、首里の元野戦倉庫壕に避難して、先住者である第六十二師団の中村一等兵等五名のグループに入った《野村註》。

九月十二日夜、元野戦倉庫壕へ残存将兵救出のためにやって来た米軍宣撫班員二名（元日本軍将校）から、日本の敗戦に就いての説明を受けた七名は、翌々朝、米軍に投降した。

工兵第三中隊に配属していた乾少尉は、大石少尉・田口一等兵・同中隊の工兵二名の都合五名で、本島中部の新垣の山まで北進したが、喜舎場の米軍の哨戒が厳しいため、突破はいったん見合わせることにして首里北方に退き、前田（首里北東三・五キロ）付近の洞窟に潜伏。

九月二十日過ぎの夜、付近に残存将兵救出のためにやって来た旧知の第六十二師団将校一行（米軍宣撫班所属）と出会い、日本の敗戦を知らされて、翌朝、米軍に投降した。

《野村註》
米軍阻止線とは、南部の日本軍残存将兵の北部山岳地帯への脱出を防止するために設けた米軍の警戒線で、南部の那覇から与那原に通じる道路沿いの線と、中部の喜舎場を東西に遮断した線に在った。

[帰還者五名の行程]

N
筆者と馳平は、7月13
日喜舎場の敵阻止線を
突破せんとしたが、筆
者が右肩甲部に銃創を
負って新垣の山中に退
避。のち首里の元野戦
倉庫壕に潜伏。
乾少尉の組は、
8月上旬、新垣
山中に入るも、
喜舎場の敵の哨
戒が厳しいため
、突破を見合
わすこし
とにし
て反
転し
、前
田付近
の洞窟
に潜伏。
喜舎場
大山
牧港
新垣
仲間
前田
那覇
首里
宮城
与那原
嘉数
東風平
佐敷
兼城
大里
八重洲岳
具志頭
糸満
与座岳
摩文仁
0
5

部隊の宿命

戦後、厚生省援護局を通じて調査した結果によれば、船舶工兵第二十六連帯で沖縄戦に参加した人員は千四名となっている。

この人員は、奄美守備隊へ派遣の第三中隊を除く連隊本部・第一中隊・第二中隊・材料廠を合わせた人員ではあるが、中に一部、第三中隊の者も含まれている。

それは開戦前に第三中隊から連隊本部へ分遣した乾英夫少尉以下十名と、沖縄戦後期に、沖縄守備軍あてに派遣した弾薬挺進輸送隊第一次の長良治雄少尉以下十八名と、第二次の斉藤邦夫軍曹以下十八名で、合計四十六名になっている。

以上の千四名の中で、帰還した者は百三名となっているから、約一〇%の者が生き残って来た勘定になる。

この生き残って来た一〇%の人員百三名を、念のために戦闘地域別に人数で分類すれば、先ず七名が、徳之島の第三中隊から本島へ派遣されていた弾薬挺進輸送隊の確認された生存者で、次いで三十八名が、井上峯雄伍長が名簿を保管している国頭支隊へ分遣されていた山形小隊の生存者である。

他の五十九名は、座間味島の海上挺進第一戦隊へ分遣されていた乳井小隊（寺師小隊合同）の生存者と、本島南部の生存者であるが、ほぼ同数ではないだろうか。

ともあれ船舶工兵第二十六連隊は、沖縄守備軍第三十二軍の隷下部隊として、一九四四年六月二十四日に和歌山で編成され、翌年六月二十二日に沖縄で壊滅した。所詮、消滅する部隊であった。

PWの記録

1　国場

私が米軍の捕虜となって百余日を過ごした沖縄の屋嘉収容所は、石川の北東三キロに位置する金武《きん》村《そん》（現在の金武町）字屋嘉の部落跡に在った。南東に金武湾の海が近く、北西に屋嘉岳に連なる山が迫っていたが、部落跡といっても、米軍がブルドーザーで敷き均していたので、沖縄の海岸沿い特有の黄色っぽい砂原と化していた。

収容所は正面が東に向いていて、南北の横幅が約百メートル、東西の奥行きが百五十メートルはあったと記憶している。正面の稍北寄りのゲートには検問所があって、ＭＰ（憲兵）が立哨していた。周囲は高さ三メートル程の有刺鉄線を張った幅約二メートルの二重の柵の間には、直径一メートル位の丸く巻かれた有刺鉄線が詰めて置かれていた。そしてその柵の四隅はもとより、その中間にも、高い哨舎が屋根の上に投光器を設置して建ち、自動小銃を持った監視兵が立哨していた。

内部はゲートから奥に貫く幅員八メートル程の通路を境にして、両側の有刺鉄線で仕切られた柵の中に、テントが立ち並んでいるのもあれば、空地になっているのもあった。

ゲートから向かって左側を手前から順にいえば、入って来た新・旧捕虜を調査し配分する取調所、将校のキャンプ、二区画を合わせた下士官のキャンプ、空地四区画ほどとなっていた。

右側は、手前から診療所、空地、精神障害者のキャンプ、空地、沖縄出身兵のキャンプ、空地、傷病兵のキャンプ、空地という順になっていた。

捕虜の数は、将校約五百、下士官約千五百、兵約二千、沖縄出身兵約千、総計約五千名であった。以上は、私が捕虜生活にも慣れた一九四五年（昭和二十年）十月半ばの屋嘉収容所の模様を述べたものである。

ただし捕虜の数といっても兵の方であるが、これは流動的であった。兵は米軍の使役作業に就くので、他収容所への移動もあって一定してはいなかった。しかし減ることはあっても、その数が増えて広い収容所を満たすということはなかった。だが、私が投降した当時の屋嘉収容所は、溢れるばかりの兵でごった返していた。

一九四五年九月十四日の朝であった。首里の元野戦倉庫壕に潜伏していた我々七名は、一昨夜来の米軍宣撫班員二名（残存将兵救出のために活動していた元日本軍将校）の投降勧告に応ずべく壕を出た。

この時、与那原《よなばる》の元野戦重砲隊壕からやって来た工兵隊軍曹以下五名も我々に合流し、宣撫班員二名に案内されて軍用トラック一台で迎えに現われた米兵四名の前に投降した。

そして全員トラックに乗せられて屋嘉の捕虜収容所へと向かった。

その途中、服装も取り替えて准尉になり済ましていた中村一等兵（和歌山県東牟婁郡）は、残存将兵の救出を希望して米軍宣撫班へ、海軍巌《いわお》部隊の軍属であった石川（山口県出身）、柳本次雄（熊本県球磨郡）、藤原忠信（愛媛県越智郡）の三名は軍属の収容所へと姿を消し、残る球《たま》部隊（独立混成第四十四旅団）の西軍曹（熊本県出身）以下八名が、午前九時頃、屋嘉収容所のゲートを潜った。

［屋嘉収容所要図（1945年10月現在）］

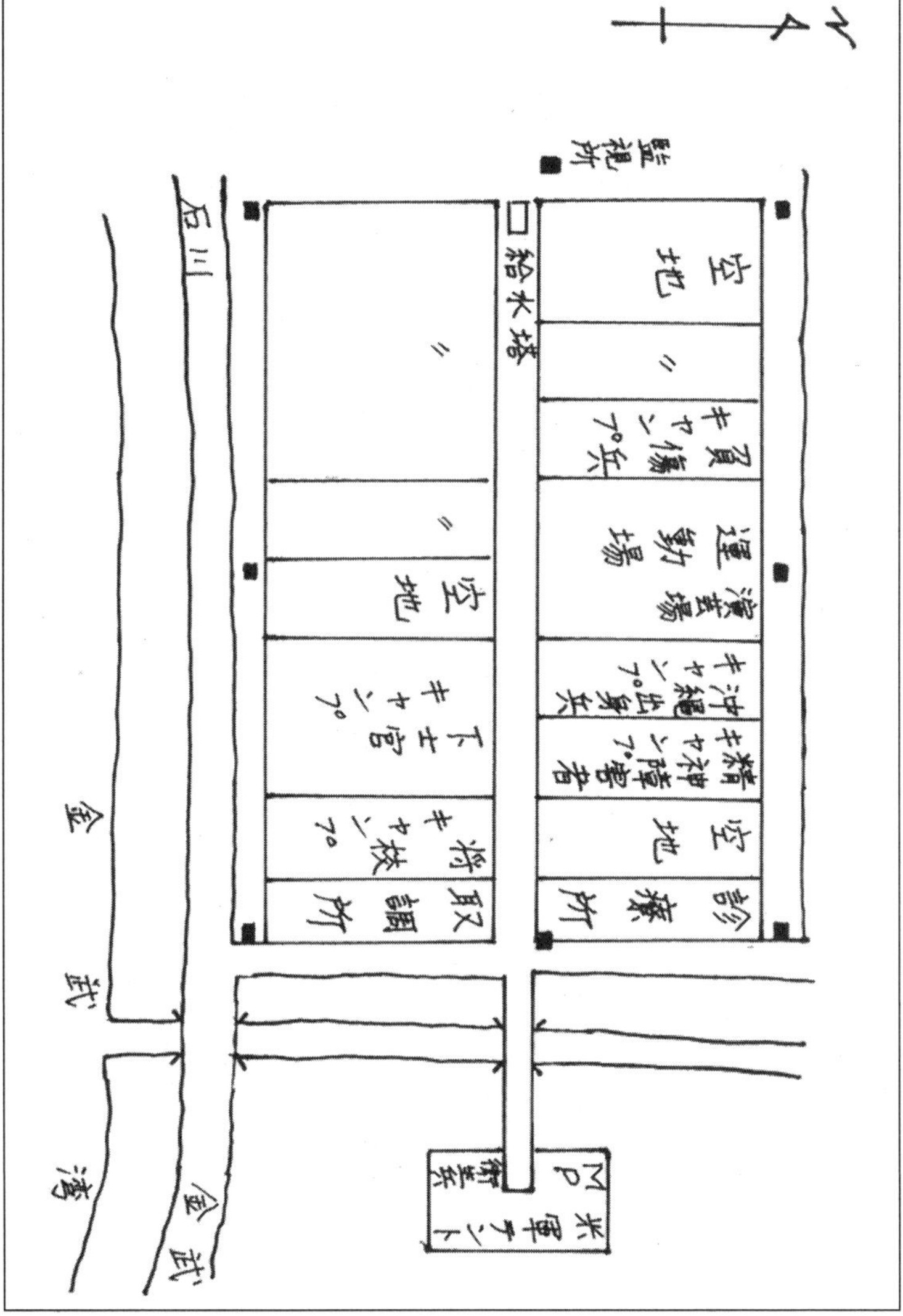

全員が一列横隊になって、米兵二名から身体検査を受け、捕虜マークの付いた米軍戦闘服（上衣の胸と背、ズボンの膝の上に、ＰＷと黒インキで大きく印していた）を着せられて、一名の二世らしい米兵の取調べを受けた。

取調べが終わると、私と巌部隊の松本一一等水兵（福岡県出身）を除く他の六名は、最初の米兵二名に連行されてゲートの外へ立ち去って行った。

この六名の中に、私の所属部隊であった船舶工兵第二十六連隊（暁一六七四四部隊）の僚友馳平民《はせひらたみ》三《ぞう》一等兵（新宮市）も混じっていた。彼とは南部の与座岳《よざだけ》で、壕の前方に迫った敵戦車三輌に対し、擲弾筒を取って応戦。随伴の歩兵を狙い撃ちして、戦車を退却させたことがある。日本軍壊滅後も一緒に南部から北部へと敵中を突破して、一旦は本島中部の喜舎場《きしゃば》まで潜行した仲であった。しかし、互いに「元気でやれよ！」と声を掛け合ったのみで、呆気なく別れてしまった。

残された私と松本は、負傷していたのである。私は右肩甲部の貫通銃創であったが、この銃創は、南部で日本軍が壊滅したのち北部の国頭《くにがみ》支隊（独立混成第四十四旅団第二歩兵隊）の指揮下に入ろうとして、中部の北中城村字喜舎場《きたなかぐすくそん》の米軍阻止線を突破中に射たれたもので、まだ傷口が癒えていなかった。松本は右膝上部の切除創であった。この創は北部へ向かって潜行中の夜間、野原で波布《はぶ》に襲われて、その咬傷部を携行していた日本剃刀で抉り除けた痕だったが、まだ糜爛していて、筋も切っているのか跛行していた。

私と松本は、二世らしい一人の米兵に促されて通路を奥に向かった。その両側の柵内には、捕虜マークの付いた米軍戦闘服姿の大勢の日本軍捕虜がいて、「どこから来たのか!?」「何部隊か!?」などと声を掛けて来たが、私も松本も俯いた儘で歩いて行った。気恥ずかしくて顔を合わせることが出来なかったのである。

捕虜になることは、日本の軍人にとって許されぬ、恥ずべき行為であった。天皇の終戦の詔勅を確認してから熟考し、米軍に投降して来たグループの中の二人ではあったが、やはり、面目ない思いが先に立って仕様がなかったのである。

当時の我々の行動を規制して来た『戦陣訓』の一節を記す。以下のとおりである。

第八　名を惜しむ

恥《はじ》を知る者は強し。常に郷党家門《きょうとうかもん》の面目を思ひ、愈々奮励《いよいよふんれい》して其の期待に答ふべし。生きて虜囚の辱《はずかしめ》を受けず、死して罪禍の汚名を残すこと勿《なか》れ

やがて二人は米兵に従って、収容所の中央右側にある傷病患者を収容したキャンプの柵入口のテントに入った。

内部には、白い腕章を巻いた五、六人の日本軍捕虜（以下、単に捕虜と称す）が、机を並べて事務を執っていた。米兵はその一人を呼んで二人の身柄を預けると立ち去って行った。

二人はその捕虜に案内されて、柵内に並ぶテントの一つに入った。内部には十五、六人の負傷した捕虜が、缶詰の木箱を並べた上に毛布を敷いて雑居し、声高に談笑していた。

案内の捕虜が、二人を連れて来た旨を伝えると、彼等は一斉に振り向いて、二人の部隊名や、潜伏場所、行動径路などに就いて口々に尋ねた。
二人は応答したが、やはりまだ面映ゆい感じがして俯いてばかりいた。

二人は落ち着いてから、キャンプの便所へ向かった。便所は柵内の広場の西の隅にテントを二つ並べた程の大きさのバラックの中に在ったが、十二、三人の捕虜が、木製の巨大な長方形の箱に、一定の間隔を置いて背中合わせに並んで腰を掛け、用を足していた。腰の下には人頭大の穴が開いていたのである。
慣れないことで戸惑いもあったが、慣れねばならぬ行為である。二人もその中に混った。

夜、テントから外に出ると、投光器に照らし出された北側の柵の向こうの山襞に、焚火の火が二つ見えた。右のは高く、左のは低く、鬼灯のように赤く光っていた。日本軍敗残兵の炊飯をしている火に違いなかった。その赤い火の色を見ていると、私には昨日までのことが思い出されて、言い様もない空しさが感じられた。

翌朝早く私は目覚めた。テントの中はまだ暗く、皆は熟睡していた。私は仰臥した儘、激変した自分の運命を自嘲したが、もう昨日のように気持ちの沈むことはなかった。特に熟睡した所為もあって、私は元気を取り戻していた。ともあれこれまでのような生命の危険が感じられなくなった安堵で、昨夜は安らかに眠れたのである。

やがて四辺が明るくなって、起床の合図である大きな鈴《りん》の音が聞こえると、テントの捕虜達は一斉に起き上がって外に出始めた。点呼を受けるためにである。私も松本もその後に続いた。

そして各テントから出て来た捕虜達と一緒に、テント前方の広場に整列した。人員は百人ぐらいであった。指揮者は一人の腕章を巻いた捕虜で、点呼を執るのは目付きの鋭い軍曹の階級章を付けたMPであった。彼は指揮者である捕虜の報告を受けると、一人一人を見て歩いて、無精髭の生えた者や衣服の汚れた者などを注意していった。

点呼が終わってテントに引き揚げると、間もなく、広場に残っていたテントの二人が朝食を抱いて帰って来た。

朝食といっても一人当たり米軍携帯口糧のレーションが一箱である。昨夜の昼食も夕食もこのレーションであった。これは乾パンと金平糖の日本軍携帯口糧に比べると、随分贅沢なもので、乾パンの他に、魚肉の缶詰・ケーキ・ジュース・煙草に至るまで入っていた。しかしカロリーはあるというものの量の少い携行食である。米の飯で腹を脹らませて来た日本人の私の胃袋の足しにはならなかった。だが、それでも一食分を腹に入れると、いっときの充足感は味わえた。

昼下がりであった。突然、私と松本は那覇東部の国場《こくば》収容所へ移送されることになって、四十名ばかりの捕虜と共に、一台の米軍大型トラックの荷台に詰め込まれた。

同乗した捕虜達の言葉によれば、国場収容所は、米軍の使役作業に従事する捕虜収容所だとのことであった。負傷者の私と松本は、キャンプ作業係りの無理解な措置に憤慨したが、捕虜の身である。下車する訳にもいかなかった。

間もなくトラックは発進し、私と松本が昨日、首里からやって来た道を逆行して、国場へと向かった。

途中、国場に近い丘陵下の小道で、日本軍敗残兵六名が、米軍トラックに収容されているのに出合い、我々のトラックは徐行した。

この時その敗残兵六名の中に、私の所属部隊船舶工兵第二十六連隊の同年兵であった飴谷由雄上等兵（高岡市）の窶れてまるで骸骨のようになったひときわ背の高い姿を目にしたが、声を掛ける間もなかった。我々のトラックはまた走り始め、見る間に彼の姿は、私の視界から遠去かっていった。

午後四時過ぎ、国場収容所のゲートの前にトラックは到着した。この収容所は、ろくに整地もされていない広い畑地の上に、有刺鉄線を張って設けられた粗末なものであった。

その中の有刺鉄線で幾つにも仕切られた柵内には、無数のテントが雑然と立ち並んでいた。しかしどのテントの捕虜達も作業に出掛けていて、辺りに人影は無かった。

程なくゲート内の事務所から、自動小銃を肩にぶら下げた米兵二名が、腕章を巻いた五名の捕虜を連れて現われ、各自のキャンプを割り当てた。そして直に我々は、六、七名の組に分かれて、腕章を巻いた捕虜に従い、それぞれのキャンプへと向かった。

私と松本は、五名の者と一緒に、収容所の端に在った柵内のキャンプの中央のテントに入って、外れの空席に並んで席を占めたが、座席である缶詰箱の下には、雨水の浸水した跡が歴然として、雨の日の被害が思いやられる仕末であった。

が、何よりも驚かされたことは、便所が露天に在ったことである。キャンプ裏の広場の隅に在る直径四メートル、深さ三メートル程の丸い穴がそれであった。その穴の周りには、内部に向けて踏板よろしく厚板が無数に取り付けられていた。用を足す者は、内部に尻を向けてその板の上に乗っかってやる訳だが、尻の下には排泄物が熔岩の如く累積して、蝿が群がり、息詰まる臭気が鼻を突いた。何とも惨めな思いがしたものである。

やがて大勢の捕虜達が作業から帰って来て、キャンプはごった返した。御多分に洩れず彼等は、「戦果」と称して、作業現場にあったケーキや煙草・グラニュー糖などを失敬して来ていたが、その服装は、作業に従事している関係かひどく汚れていた。

捕虜達の話によれば、現在の作業は、那覇港一帯に陸揚げされた米軍糧秣の整理で、きつい時もあれば楽な時もあるとのことであった。

米兵はどうかと尋ねると、大体はおおらかでいいが、中には意地の悪い奴もいる。監視の米兵が、眼に角たてて怒号したり、自動小銃で威嚇したりすることもあると言っていた。

また、彼等のリンチは手が込んでいて、炎天下の地上に終日座らせたり、飲料水を入れる空缶を両手に持たせて、一定の距離を一日中往復させたり、シャベルで地上に大きな穴を掘らせてから、その穴をまた元通りに埋めさせたりするとも言っていた。

日本軍の私的制裁は、陸軍がビンタ、海軍がバッターで、大体ケリを付けて来ていたことを思えば、米兵のそれは我々にはちょっと理解され難い遣り口であった。
だが、そのことよりも私の印象に残っているのは、米軍のキャンプの使役に捕虜達が行った時、テーブルの上に白く磨き上げられた頭蓋骨が幾つも灰皿の代りにして置かれていたという話であった。状況から推して日本兵のものに違いないが、これが限られた一部の米兵の行為であるとしても、日本人に対する米国人の中に在る隠れた意識の一端を垣間見る思いがして、名状し難い憤りと憎しみを私は覚えた。

翌朝、皆が作業に出掛ける脇で、私と松本は、負傷を理由にして作業に出掛けなかった。テントで不貞寝の手段に訴えたのである。そしてその翌日も、二人は作業に出掛けなかった。
昼間の皆が作業に出掛けた後の無人のキャンプは、ひっそりとした静けさに包まれていた。だが、時折このキャンプに、付近の山で日本軍敗残兵を掃討して歩く米兵の銃声や手榴弾の炸裂音が聞こえて来た。昼間のしじまを破るその銃声や手榴弾の炸裂音は、敗者の悲哀を、泌々と二人に感じさせたものである。

三日目の夕食後のことであった。キャンプ裏の広場に出ていた私は、隣りのキャンプとの境になった柵の向こうから、突然、「野村!」と、馳平に呼び掛けられて驚いた。彼が国場に来ているとは夢にも思わぬことであったからである。

彼の語るところによれば、去る九月十四日の朝、他の五名の者と共に米兵に連行されて屋嘉収容所のゲートを出た彼は、この国場収容所へ移送されて来た。他の五名も者も別のキャンプにいるとのことであった。

私も三日前、松本と一緒にここへ移送されて来たと彼に話したが、彼は私の負傷を気遣って、「ここは駄目だ。何とかして屋嘉へ帰して貰え」と、屋嘉収容所へ帰ることを頻りに私に勧めた。

四日目の朝であった。作業係りの捕虜五名が、私と松本のテントへやって来て、「軽い負傷や病気を理由にして作業をさぼる者は、ＭＰに殺されると軍医が言っている」と伝えた。軍医とは、元日本軍軍医のことである。

私は激昂して、「捕虜になって生きているよりは、殺された方が増しだ！」と彼等に噛み付いた。喧嘩腰になっていた。意外な反抗に返す言葉もなく彼等は立ち去って行ったが、彼等の話は、米軍の権威を笠に着ての軍医の脅し文句としか私には取れなかったのである。

松本も憤然として、「軍医に話を付けましょう」と私に言った。早速二人は、診察室に軍医を訪ねるべくテントを出た。

診察室といっても収容所の外れに在る一つのテントであったが、そのテントの中に二人が入ると、まだ患者は来ていなくて、軍医が一人椅子に反り返って、悠然と煙草を吹かしていた。赭ら顔の鼻下にちょび髭を蓄えた頑丈な体躯の男であった。

私は松本と共に軍医に一礼してから、その顔を睨み付けた。最初から喧嘩腰であった。松本が最前の作業係りの口上を述べ終わるのを待って、私は言った。「自分達が米軍の作業に耐えるものかどうか、一応、負傷を診て頂きたいのですが…」軍医の診断を要求したのである。

するど軍医は、二人の異様な剣幕に臆したのか、急に態度を変えて診察してくれた。そして互いに作業に耐えないことを認めて、宥めるように、「取り敢えずテントで休養していて下さい」と二人に言った。

「軍医の態度如何によっては殺ってやる!」と、互いに息巻いて乗り込んで来た手前、何だか拍子抜けした思いもしたが、これで二人の目的は達せられた訳であった。

しかし今にして思えば、戦争の影響は受けているとはいえ、激昂して殺意を抱くなど、二人の精神状態がいい加減なものであったことは確かである。愚行を演じることがなくて幸いであった。

2　屋嘉

再び屋嘉収容所のゲートを潜った私と松本は、一人の腕章を巻いた捕虜に案内されて通路を奥に向かったが、七日前に比べて収容所の捕虜が余りにも少なくなっているのに驚かされた。通路両側の柵内に犇いていた捕虜達の姿が、その三分の一にも足りない数に減っていたのである。そのことに就いて、腕章を巻いた捕虜に私が尋ねると、「みんな米軍の使役作業をやる収容所へ送られました」と彼は応えた。

やがて傷病患者を収容したキャンプの柵入口のテントに入って、腕章を巻いた捕虜から、事務を執っていたキャンプの係りの捕虜に引き継がれた二人は、その係りの一人に従って柵内のキャンプに向かった。そして中央に位置する軽傷患者を収容したテントの一つを訪ねると、係りの捕虜が、この六人に私と松本を紹介すると、彼等は直に席を片付けて、二人を親切に迎えてくれた。

このテントが、私の復員する日までの仮の住居となった訳であるが、このときテントにいた六人は、海軍沖縄根拠地隊の一等水兵山口秀夫（京都府出身）、官道秀広（大阪府出身）、陸軍山部隊（第二十四師団）の上等兵斉藤重行（北海道出身）、小島一（北海道出身）、陸軍球部隊の一等兵森本一美（福岡県出身）、海軍護部隊の一等水兵山本芳馬（熊本県出身）の六人であった。

なおこのテントに二人が落ち着いて半時間後には、樋口勇雄一等兵（洲本市）が私を訪ねて来た。戦前、互いに無線通信兵として、船舶工兵第二十六連隊本部付通信小隊（当時、国頭郡本部町渡久地《もとぶちょうとぐち》駐屯）に分遣されていた仲で、樋口は私より一年後輩の二年兵（一九四三年徴集）であった。樋口は自分のいる西隣りのキャンプの柵内から、私がこのテントに入るのを見掛けたのでやって来たと私に言った。

私は喜んで樋口を座席に上げ、煙草キャメルを差し出したが、樋口は右肘を負傷していた。左手で煙草を一本抜き取り口に銜えると、くの字に硬直した肘を横に張るようにして右手にマッチ箱、左手にマッチの軸を取って摺り、煙草に火を点けながら「国頭支隊に分遣されていた山形小隊（山形正清少尉以下六十二名）にいました）と私に告げた。

樋口の話によれば、山形小隊は第一中隊が宿営していた崎本部《さきもとぶ》（渡久地南約四キロ）の崎本部国民学校（小学校）に残留していたが、四月七日に米軍が名護《なご》（崎本部東南十一キロ）に進入後は、真部《まぶ》山《やま》（崎本部東北三キロ）の第二大隊（長　佐藤富夫少佐）の指揮下に入った後、同大隊の第五中隊（長　浜本中尉）に配属させられ、マルヤマ（俗称）と呼ばれた安和岳《あわだけ》（真部山東南一、五キロ・標高四一九メートル）の一角で、四月十五〜十六日に米軍と交戦して崩壊した模様である。

負傷に就いては、四月十五日の朝、マルヤマの分哨に立哨していた時、間近の雑木林から米兵の銃撃を受けてやられたと樋口は言った。

山形小隊崩壊後の樋口は、「多野岳《たのおだけ》に集結すべし」との国頭支隊長の命令を聞かされて、多野岳（安和岳の東南十三キロ、標高三九五・七メートル）へ向かったが、四月末には各隊が北部への転進を支隊長に命じられて四散し、国頭支隊は壊滅状態になった様子である。

その後、樋口は伊差川《いさがわ》中流の山間（渡久地東南十四キロ）に、国頭支隊の軍曹と古参一等兵の三人で潜伏していたが、八月半ば過ぎに麓に米軍の立札が建てられた。日本の降伏を伝えて残存将兵に投降を呼び掛けるものであった。迷ったが、結局、飢餓状態に陥っていたことが投降への道を三人に選ばせた。八月二十九日に伊差川捕虜収容所へ三人は投降して、屋嘉収容所へ送られて来たと樋口は語った。

毎日このキャンプにも、付近の山からの銃声と手榴弾の炸裂音が聞こえて来た。言うまでもなく、日本軍敗残兵掃討のために巡回している米兵の銃撃と手榴弾の投擲であった。無駄撃ちを禁じられて来た日本軍と違って、物量に富む米軍である。大方が疑わしい場所への乱射乱撃に違いなかったが、発見された者は容赦なく殺されていた。彼等の前に置かれた敗残兵は、まるでハンターに狙われている獲物にも等しい存在でしかなかったのである。

三食ともにそれぞれレーションが一箱という食餌では、誰もが腹を空かしていた。私の右隣りに席を占めていた松本は、毎日うまい料理の話ばかりしていた。福岡の割烹店の倅であるというだけのことはあって、日本料理に就いては実に詳しく、話は真に迫って、思わず生唾を飲み込まされることもあった。

寒中の淵に潜み込んで、深い岩陰に身を寄せている冬眠状態の鯉を、そっと小脇に抱き上げて来て、洗いにしたり煮付けたりする話など、珍しくて今でも私は憶えている。

だが、うまい話も毎日聞かされると飽きて来て、疎ましくさえなっていた。

九月二十五日の昼過ぎであった。テントに樋口がやって来て、「連隊本部にいた乾少尉殿が将校キャンプに来ています」と私に教えた。そして樋口は、少尉に呼ばれて少尉のテントにも行って来たと私に話した。

乾少尉は、幹部候補生上がりの若い長身の理知的な感じの人であった。これは私が所属していた根《ね》差《さ》部《ぶ》の第二中隊通信分隊から、保線（電話線の補修）で嘉数《かかず》（根差部東北一キロ）の連隊本部に出掛けたとき少尉を見掛けて受けた印象であったが、樋口は私よりも前から少尉のことを知っていた。

私が渡久地に駐屯していた連隊本部付通信小隊から、石川（渡久地南西二十五キロ）に駐屯していた第二中隊通信分隊に復帰したのは昨年（一九四四年）の十月下旬だったが、その直後に少尉は、徳之島の第三中隊から本部に分遣された兵九名を引率して着任したと樋口は話した。

私は樋口の話を聞いているうちに次のことを思い付いた。〝終戦の詔勅が出ていることを知らされて自分が米軍に投降したという証明書を少尉に書いて貰えないだろうか。そしてその序でに負傷の現認証明書も書いて貰えないだろうか〟ということであった。

そのことを樋口に話すと、彼は頷いて、「今から将校キャンプへ参りましょう」と私をテントから誘い出した。

そして将校キャンプの柵内に入ると、樋口はその入口近くにあった無人のテントに私を待たせて置いて、間もなく乾少尉を呼んで来た。

かしこまって黙礼した私に対して、「ヤア！」と微笑を浮かべて応えたのが少尉の挨拶であった。

そして互いに、戦闘中の話など交わした後で、「自分が終戦の詔勅が出ていることを知らされてから米軍に投降したという証明と、負傷の現認証明を作って頂きたいのですが…」と、私は少尉に訴えてみた。

すると少尉は、ちょっと考えていたが、「私で宜しかったら…」と頷いて、自分のテントに取って返した。

そして程なく鉛筆と日本陸軍の通信紙を持って現われ、通信紙に次のとおり記してくれた。

現認証明書

陸軍上等兵野村正起

一、右ノ者勅命ニ依リ九月十四日戦闘ヲ中止シ米軍ニ降伏セシコトヲ証ス

一、右ノ者六月二十二日沖縄県島尻ヨザガ岳ノ戦闘ニ於テ右肩甲部貫通銃創セルコトヲ証明ス

昭和二十年九月二十五日

陸軍少尉　乾　英夫

この現認証明書は、現在も私が保管しているが、私の投降の事由と受傷に就いての証明を併記した

ものである。

最初に私を陸軍上等兵と書いているが、私は一等兵であった。復員兵は一階級昇進することを知っての少尉の配慮であったと私は記憶している。

投降の事由のことは、いま考えてみればおかしな話だが、このときの私はこんなことにまだ拘っていた。しかしこれは私のみでなく、日本が連合国に無条件降伏してから（天皇の終戦の詔勅が出てから）後に米軍に投降した兵士の殆どが抱いていた感情である。従って同じ捕虜同士でも、日本の降伏後に捕虜になった者は、それ以前に捕虜になった者と自己とを区別して考えることが多かった。これは一に「生きて虜囚の辱めを受けず」と教え込まれて来た当時の軍人気質というべきものでもある。

受傷の期日と場所を、六月二十二日島尻《しまじり》ヨザガ岳と書いているが、実際は七月十三日北中城《きたなかぐすく》村《そん》字喜舎場《きしゃば》の米軍阻止線である。守備軍壊滅後の負傷では、手続上取扱いが不利益になりはしないかとの懸念からであったが、杞憂に過ぎなかった。復員したとき収容された国立大蔵病院では、受傷の期日場所を事実どおり告げた。


終戦前に捕虜になった者の中には、家族の名誉に関わることを考えて実名を名乗らず、知名人や戦死者の名を騙るかと思えば、出鱈目な名を名乗ったり、中には沖縄出身者と偽ったりする者もいた。またその反対に、沖縄出身者で本土出身者と偽る者などもいて、後日、露見することが多かったと古参の捕虜達は話していた。

［**現認証明書**（**表**）］

現認証明書

陸軍上等兵　野村正起

一、右者勅命ニ依リ九月十四日
戦闘ヲ中止シ米軍ニ降伏
セシコトヲ証ス

一、右者六月二十二日沖縄県島尻ヨザ
が岳ノ戦闘ニ於テ右肩甲部盲貫
通銃創セルコトヲ証明ス

昭和二十年九月二十五日
暁第一六七四〇部隊
陸軍少尉　乾英夫

發	月	日	時	分
著	月	日	時	分

受信者
發信者
發信地　於

[現認証明書(裏)]

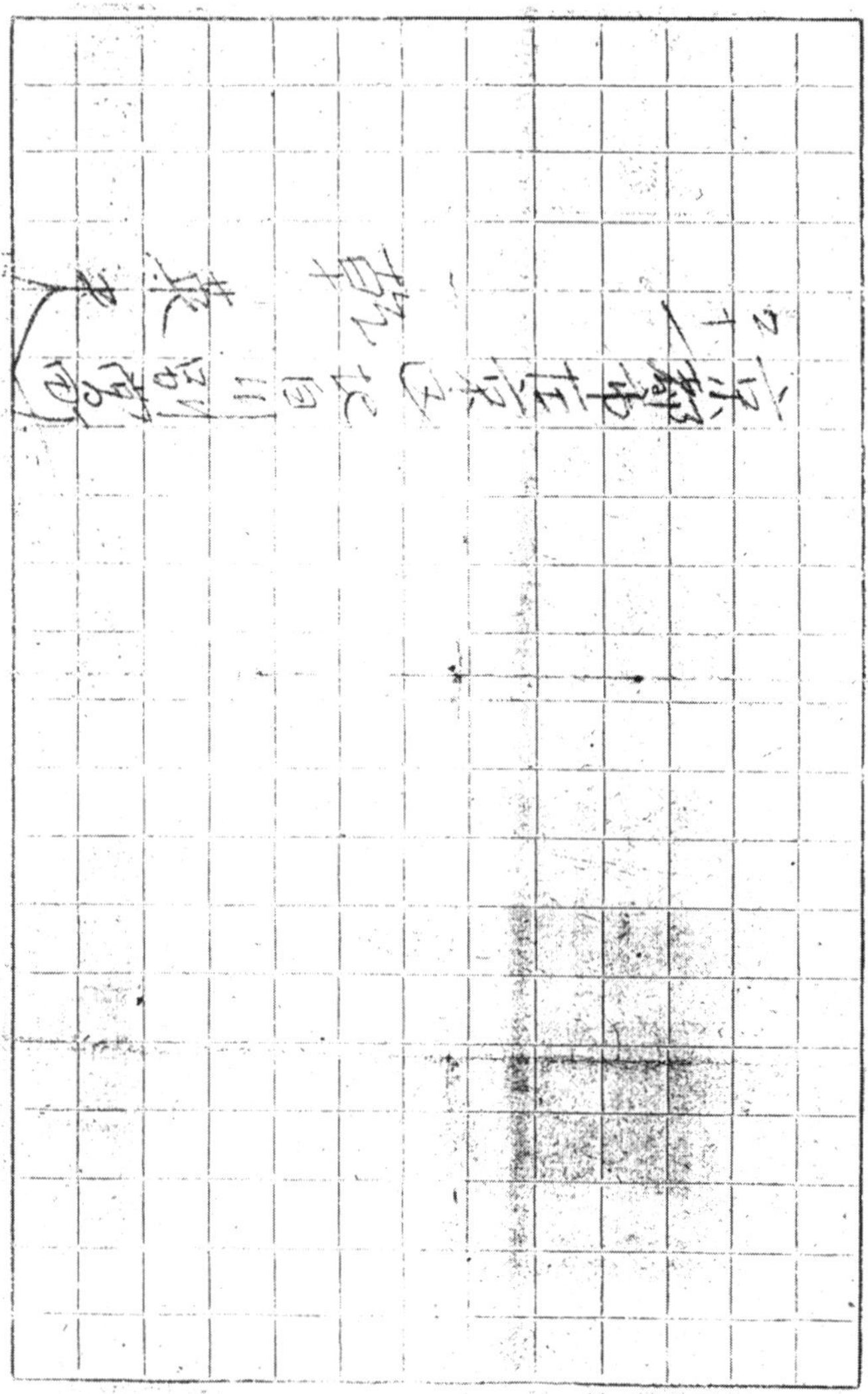

八月も半ばを過ぎる頃までは、夜半に時折、裏山で機関銃音が起きて、収容所付近に弾丸が飛んで来ることがあったと古参の捕虜達は話していたが、私が入所してからは、そのようなことは全く無くなっていた。

八月末頃までは、夜間に収容所内で集団リンチがよく行われていた。やるのは元兵士達で、やられるのは彼等を苛めた元将校や下士官、時には元初年兵達を苦しめた古参兵といった具合であったと古参の捕虜達は話していた。

皆の立場が平等になって、元の階級や年次が通用しなくなった捕虜の世界では、一時的な現象として、そのような反動も起きたであろうが、私が入所した頃には、収容所内も落ち着いていて、そのようなことはもうなくなったいた。

朝鮮人軍夫も屋嘉収容所に収容されていたと古参の捕虜達は教えてくれた。朝鮮人軍夫とは、慶良間列島の海上挺進戦隊配属の水上勤務中隊などに所属して、特攻艇を海に引き下ろしたり担いだりする労務に就いていた朝鮮の青年達のことである。

彼等のキャンプは、ゲートから右側二番目あたりの柵内で二百人ぐらいはいたと言っていた。

終戦の日の八月十五日には、「マンセー（万歳）！」「マンセー（万歳）！」と、彼等は朝鮮の独立を祝う歓声を挙げて浮かれ騒ぎ、悲嘆に沈む日本軍捕虜とは、如何にも対象的であったと古参の捕虜達は話していた。

朝鮮人軍夫達にしてみれば、虐げられて来た日本からの解放の歓びを実感した日である。興奮して騒ぐのが当然であったということがよく解る。彼等は朝鮮半島全域から、強制的に沖縄へ連行されて来たといわれているが、八月末には、その数も五百人程になっていたそうである。

その頃、朝鮮人軍夫を慶良間で冷遇したとのことで、一人の元将校が彼等のキャンプに連れ込まれて、大勢から袋叩きにされたことがあった。

これを感情的に取り上げた元兵士の何名かが、大勢の元兵士達に呼び掛けて、彼等のキャンプに殴り込みを掛けようとしたが、そのとき各キャンプに数名の武装した米兵がやって来て、抑止された。不穏な動きを収容所側に察知されてのことであろうが、このことがあってから間もなく、朝鮮人軍夫達は、別の収容所へ移送されて行ったとのことである。

十月に入ると、ゲートに近い通路北側の掲示板に、朝日・毎日・読売などの各新聞が貼り出されて、本土はもとより海外の事情までが捕虜達にも分かり始めた。

私が先ず気にしていたことは、占領政策が本土ではどのように行われているであろうかということであったが、新聞を見ているうちに次のことが分かった。

占領政策は、「日本政府を通じて行われている」といった体裁にはなっているが、実際は、「連合国軍最高司令官ダグラス・マッカーサー元帥の指令に服して行われている」ということであった。幣原内閣もマッカーサーの支配下に在ったのである。

次いで気にしていたことは、米機の空襲による被害の状況や、食糧事情などであったが、そのことも次第に分かって来た。

空襲による被害は、その詳細に就いては知る由もなかったが、殆どの都市が焼け野原と化している模様であった。

食糧に就いては、戦時中から既に不足を来たしていたので、それが米機の都市攻撃によって、致命的な被害を受けたであろうことが想像された。

占領軍からの食糧放出という朗報も出ていたが、それと同時に、各県で餓死者が出始めたとの記事も出ていた。

配給の食糧だけでは生きて行けないので、農家への食糧買出しに狂奔している人々の姿や、街にあふれた浮浪児や浮浪者が物を乞う姿や、闇市の模様などが写真特報で出ていた。

屋嘉収容所は、割合恵まれた環境にあったといえる。設備も好かったし、監督者である米軍将兵達も好かった。故に我々軽傷患者の生活はのんびりしたものであった。

毎日雨天の他は、朝夕、全員がキャンプ前方の広場に整列して、係のMPから点呼を受けたのだが、それ以外の時間は各自の自由であった。もっとも私は毎朝治療を受けねばならなかったのだが、点呼とこの治療の時間を除いた他は、テントで寝転んだり、他のテントへ出掛けたりして、気儘に振る舞っていた。

我々軽傷患者以外の捕虜達の生活ものんびりしたものであった。毎日、元兵士達が米軍の使役作業に四、五十名は狩り出されていたが、交代で出掛けていた。[※1]

従って暇を持て余した捕虜達の間には、トランプや手製の花札を使っての賭博が盛んに行われていた。中には詩歌・俳句などの文化的なサークル活動をやる者もいたが、多くは漫然と毎日を過ごしていた。

テントの中では、誰もがごろ寝しながらよく流行歌を唄っていた。ここでの歌は、『風は海から』や、『長崎物語』『船頭小唄』などの哀調のものや、退廃的、自棄的な調子のものが多く唄われていた。

捕虜達のキャンプは、将校、下士官、兵と区別されてはいたが、当然のことながら元の階級や年次は通用しなかった。軍服を剥奪された一個の人間としての平等感に支配されていたといえる。しかし、元の階級や年次が通用しなかったといっても、そのために秩序が乱れるということはなかった。各キャンプごとに自主的な生活をしていた。米軍監督者もこれを可として統轄していたようである。

元の上級将校は、収容所に於いてもやはり我々から遠き存在にあった。会う機会もなかったので、その意中を覗う術もなかったが、押し並べて将校も兵士も、皆それぞれに軍閥を誹謗し、日本の封建主義を罵倒して、米国の民主主義にあやかることを口にしていた。その理解の深さ、真意は別として、これが一般的な風潮であった。[※2]

捕虜達の最大の関心事は、何といってもやはり家族の安否と、本土の被害の模様であった。皆よく故郷の話をしては、過ぎし日のことを偲び、家族や故郷のことを案じていた。

※1　米軍の使役作業に出ると、報酬としてレーション一箱が貰えた。ついでに収容所にはない生野菜（芋の葉・キャベツなど）も手に入ることから、米軍の使役作業から外されている下士官にも希望者が出ていた。

※2　高級参謀八原博通大佐が米軍に捕えられて、将校キャンプに来ていることを耳にしていたが、さしてそのことを私は気に留めてもいなかった。しかし日が絶つに連れて、生きている高級参謀への憎しみが私には湧いていた。「我々に死を強制した軍作戦の中枢にいた人間である。生きること自体が間違っている！」と私は思った。

3　続・屋嘉

捕虜達の中には、玄人の芸人が多数いたので、それ等の人々を始め同好の士で組織した演芸班があった。衣装や小道具なども可成な物が揃っていて、週一回の割合で夜間開催していたが、舞台は我々のキャンプの東隣りの広場の北側に建てられていた『星都劇場』と看板を掲げた小屋であった。

観客はその小屋の前の広場にレーションの紙箱などを敷いて腰を下ろしたのだが、米兵達もよく見物に現われていつも満員の盛況だった。

照明電光もまばゆい舞台には、「狸御殿」や「名月赤城の山」が出現し、歌謡・万才・舞踊・剣舞なども華やかに演じられて、我々の何よりの慰安となった。

我々のキャンプと、『星都劇場』の在る広場を挟むようにして並んだ向かいのキャンプには、沖縄出身兵が多数収容されていたが、本土出身兵との間に交流はなかった。そのことに就いての充分な訳は知らないが、一つの原因にもなっていたと思われるこんなことがあった。

あるとき空腹を抱えた本土出身兵の一人が、何か食い物と交換して貰いたいと思って、飯盒を手に沖縄出身兵キャンプの柵外に近付いたところ、柵内にいた一人の沖縄出身兵に巧みに誘われて柵内に入り、多数に囲まれて暴行を受けるという事件があった。

このとき我々は、名状し難い憤りと寂しさを感じたものである。

また一度、『星都劇場』に沖縄演劇団が訪れたことがある。演し物《だもの》は、沖縄の民謡や組踊りで、その独特な歌や踊りを披露した訳であるが、中に沖縄戦を取り扱った笑劇があった。それは勝者米軍を称えたもので、劇中に防衛隊員（日本軍に軍務徴集された一般青壮年男子）を登場させて、「竹槍かついで防衛隊哀れなもの…」と、日本軍を揶揄したような琉歌調の奇異な節回しで歌っていたが、何ともいえない侘しい思いに我々は打たれた。

東條大将と天皇陛下の写真特報が、それぞれ半月ほども収容所の掲示板に貼られていた。

東條大将の写真は、自決を図って果たせなかった現場写真で、天皇陛下の写真は、占領軍最高司令官ダグラス・マッカーサー元帥の左に立っている写真であった。

東條大将は、敗者に戦争の責任を問わんとする勝者の裁判を忌避して、その抑留に先立ち、九月十一日午後四時二十分、自邸で自決を図った（拳銃で左胸部を射つ）と説明されていた。

天皇は、九月二十七日アメリカ大使館に、マッカーサー元帥を訪問したとのことで、写真はその時のものであった。[※1]

十月に入ると、新たに入所して来る者の数も減った。

この頃ハワイから大勢の捕虜が送還されて来た。敗戦前に捕虜になってハワイへ送られていた者達であった。

十月も半ばを過ぎると、南国の陽光も衰えて、木枯のような風がテントに吹き付け、夜は数枚の毛布では凌ぎ難いくらい寒くなった。

夜、裏の山襞にときおり見られた敗残兵の焚火の明かりも、もう全く見られなくなった。

収容所を管理する米軍側も、厳重な警戒を解いて、周囲に十数箇所あった監視哨も六箇所に減らされていた。

この頃からである。私は精神障害患者の看護に出始めた。背中の傷口は依然として癒えなかったが、不自由であった右腕も差し支えない程に利きだしたので、係りの捕虜がその看護を割り当てて来る儘に、二日か三日置き位に私は出掛けた。

当日は、朝食後二人で精神障害患者のキャンプへ出掛けて、前日の二人と交代し、翌日まで交互に患者を看護して、帰りしなにキャンプの係りから、報酬としてレーションを一箱あて貰って帰った。しかし、看護といっても専門的なものではなく、患者の暴行・自殺・逃走などの事故を防止する番人であった。

患者はいずれも戦争で精神に異状を来たした元日本軍将兵で、狂暴な重症患者が一人、軽症と看做される患者が十一人であった。

重症患者の一人は、鉄格子の付いた檻のような小屋に隔離されていたが、全裸で猛獣のように小屋の中を徘徊し、怒声を挙げていた。

軽症患者の十一人は、テントの中に起居していたが、何といっても異常者である。陽気に歌を唄ったり、笑ったりする者がいるかと思えば、塞ぎ込んだり、悲しんだり、怒ったりする者がいて、名状し難い異状な世界を現出していた。

ある日、沖縄出身兵キャンプの前の通路を歩いていた私は、偶然、潜伏中に中城《なかぐすく》村《そん》字新垣《あらかき》の山で世話になった糸洌《いとす》曹長（沖縄県出身）に出会って挨拶を交わした。しかしこの曹長には、新垣の山では世話になったものの与那原《よなばる》の元野戦重砲隊壕では、置き去りにされるという惨めな目に遭わされた。その経緯を述べれば以下のとおりである。

日本軍壊滅後、南部の与座岳から、北部の国頭支隊の指揮下に入ろうとして北進した私と僚友馳平は、日本軍残存将兵の北部脱出を阻止するために米軍が設置した第一の関門、与那原の途絶線を六月二十八日夜に突破！

次いで第二の関門、北中城村字喜舎場の米軍阻止線を突破しようとして、七月十三日夜、同地点に潜入したが、銃撃を食らって私は右肩甲部に貫通銃創を負い、馳平と喜舎場の南約四キロに位置する中城村字新垣の山へ避難した。そして糸洌曹長と西軍曹に軍属の石川・藤原・柳本という五名のグループを頼って生活することになった。

当時の新垣の山には、残存将兵が約四十名、地元住民も四十名は潜んでいた。その頃の新垣の山はそれだけの人数を潜ませて何とか平安を保っていたが、そのうちに北進して来る残存将兵の北部への関門喜舎場を前にしての溜り場となって次第に数が増し、今にも米軍の大掛かりな掃討を受けそうな状態になって来た。

その危険を避けるべく偵察の意味も兼ねて馳平と柳本は、八月二十一日夜、北進して来る者とは逆に南下して首里の元野戦倉庫壕へ向かった。

その翌々日の二十三日早朝から、昼過ぎまで、新垣の山は米軍約一個中隊の包囲攻撃を受け、惨憺たる状態となった。

翌晩、曹長以下五名の我々のグループは、曹長が連れ出した地方青年十名と共に、新垣の山を捨てて南下。

翌朝未明に与那原の元野戦重砲隊壕に非難した。壕内には工兵隊軍曹以下五名が潜伏していた。

その日の昼頃である。戦利品でも狙ってであろうか、壕入口に米兵が一人侵入して来た。壕の奥でこれを知った地方青年達が騒いだがために、その米兵は外に飛び出して行ったが、仕返しにやって来る危険がある。

一同は不安に戦きながら日暮れを待ったが、数時間後に皮肉にも落磐が起きて、石川が右手首を骨折し、藤原が両大腿部を打撲して歩行不能となった。

その後、幸いにも米兵は姿を見せなかったが、日が落ちて壕入口が暗くなると、西軍曹は「首里の野戦倉庫壕へ行って馳平くんに会って来る」と言って壕を去り、糸洌曹長は地方青年十名を連れて、「為朝岩付近の壕で食料を調達して来る」と言い残して壕を後にした。同行して来た負傷者の私と石川・藤原の三名を残してである。そして再び曹長達は、元野戦重砲隊壕に戻ることはなかった。

だが、その時のことに就いて曹長は、何の弁解も私にはしなかった。けろりとした顔で、「あれから新垣に帰って、その晩にあの焼け残った赤屋根の屋敷に集まる地方人（一般社会人を指す軍隊用語）達に、米軍に投降することを勧め、白い布で旗を作らせました。翌朝、私は白旗を掲げて大勢の地方人達の先頭に立って下の道路に出ました。そして通り掛かった米軍のトラックを止めて投降しました」と如何にも誇らし気に私に語った[※2]。

屋嘉収容所に帰って一と月も経つと、私は収容所生活にも慣れて気分的なゆとりも出来たことから、〝部隊で生き残った者は一体どれ程いるであろうか…〟と、自分の所属部隊であった船舶工兵第二十六連隊（暁一六七四四部隊）の生存者のことに就いて調べてみたい思いに駆られた。

そして何日も広い収容所内を私は捜し歩いたのだが、樋口や乾少尉の他に部隊の者には誰にも会うことがなかった。

私が知っている部隊の生存者は、私と一緒に米軍に投降した馳平と、屋嘉収容所に収容されて知った乾少尉と樋口、国場収容所へ移送される途中で見掛けた飴谷ぐらいのものであった。

それ以前では八月二十五日夜、糸洌曹長等の十四名と私が与那原の元野戦重砲隊壕に近付いた時、月下の路上で擦れ違った北進する残存兵士の群れの中に、部隊本部付通信小隊にいた一年後輩の鈴木一等兵を見掛けたことがある。「野村古兵殿ッ」「鈴木ッ」と、懐かしくて声は掛け合ったものの互いに連れと先を急ぐ身である。あっけなく別れてしまった。彼が米軍に投降していない以上は、その生存を確かめる手立てはなかった。

しかし樋口の話によれば、私と同じ第二中隊の同年兵だった矢野末松一等兵（現姓は馬渕、岐阜県本巣郡）や谷川政春一等兵（名古屋市）なども、この収容所にいたことがあるとのことで、牧港や嘉手納など他の収容所にも部隊の者が分散して幾らかはいる模様であった。だが数多くいたとしても、部隊の行動経過から推して、その生存者は元の部隊人員の一割に足るであろうかと私には思われた。

開戦時から終焉に至るまでの部隊の行動に就いて、その概要を述べれば以下のとおりである。

部隊は、海上遊撃戦を企図した沖縄守備軍第三十二軍の直轄部隊として、開戦前から那覇港内入江の奥に配置されていた。連隊本部は豊見城村《とみぐすくそん》字嘉数《かかず》（那覇港東南五キロ）。第一中隊は嘉数の北部に在る国場川《こくばがわ》河口の真玉《まだん》橋。第二中隊は嘉数の南部に在る饒波川《のはがわ》河口に近い根差部《ねさぶ》。材料廠は饒波川上流の高入端《たかのは》。以上各地の高地下方に壕を掘って待機していたのである。

そして第三中隊（原田充《みつる》大尉以下二百八十名）を奄美守備隊（独立混成第六十四旅団）に派遣。第一中隊の第二小隊山形小隊（山形正清少尉以下六十二名）を国頭支隊に、第二中隊の第一小隊乳井小隊（乳井久男少尉以下六十名）を座間味島の海上挺進第一戦隊（小型の舟挺に爆雷を搭載して敵艦船に体当たりする水上特攻隊）に分遣していた。

故に我々の部隊で沖縄戦に参加したのは、第三中隊を除く（一部は参加）、連隊本部、第一・第二中隊、材料廠で、人員は少くとも千名は越していた筈である（戦後確認千四名）※3。

部隊で最初の米軍と交戦したのは、座間味島の乳井小隊（寺師小隊合同）であった※4。

同小隊は三月二十六日朝、米軍上陸部隊を迎えて同島守備部隊と共に抗戦したが、昼過ぎには同島の通信が杜絶したので、「座間味島守備隊ハ全滅セルモノノ如シ」と伝えられた。

しかし戦後になって、座間味島から多数の日本軍兵士が、戦闘中に投降していることが判明した。

このことに就いては別に述べる。

本島の部隊では、四月八日夜、神山島（那覇港西方約八キロ）の米軍重砲陣地へ、西岡健次少尉以下二十五名が挺身斬込みを敢行したのが最初の戦闘である。

生還者は西岡少尉以下五名で、戦果は重砲三門破壊、人員殺傷多数と伝えられた。この斬込みは全軍に喧伝され、感状が授与された。

四月十五～十六日。国頭支隊に分遣されていた山形小隊の山形少尉以下六十二名は、安和岳の一角で米軍と交戦して崩壊している（戦後確認生存者三十八名）。

五月三日の夜、連隊長佐藤小十郎少佐（秋田県出身）以下約六百の部隊主力は、海上挺進第二十九戦隊の一部と共に、翌日黎明を期して決行する日本軍総攻撃の一環として、敵の背後地区大山方面に逆上陸すべく出航したが、夜明け前、二キロ手前の牧港沿岸で敵に発見されて上陸し、全滅した。

五月中旬と下旬に、徳之島の第三中隊長原田充大尉（田無市）は、奄美守備隊長の命を受けて、弾薬挺進輸送隊を沖縄本島へ派遣した。

第一次は長良治雄少尉（岐阜県出身）以下十八名、第二次は斉藤邦夫軍曹（青森県出身）以下十八名であった。いずれも刳舟三隻に可能な容量の迫撃砲弾を搭載し、着物姿の住民の扮装で、夜陰に乗じ潜行した。

その後の消息は摑めず一人の帰還者もないことから、第三中隊では第一次第二次の者とも全員戦死と認定した。しかし戦後になって、斉藤軍曹、大野一郎伍長（岐阜市）の他に、兵五名を加えた七名の帰還が判明している。

五月二十四日夜、命に依って部隊は、宮城《みやぐすく》（首里東南二・五キロ）の海軍山口大隊の残存部隊救援のために出撃した。甘庶大成《だいじょう》大尉（前原市）以下百三十名の部隊残存者に、海上挺進第二十九戦隊の二十余名を加えた人員であった。

次いで二十六日夜半、神田謙次曹長（東京都出身）以下六十余名の第二十九戦隊十一名を含む部隊残存者の一団も宮城へ向かった。※5

宮城での戦闘は、敵陣地への斬込みを主としたものであった。戦死者推定四十名。

五月二十八夜半、命に依って部隊は宮城を撤収し、翌早暁、南部の与座岳西方の大里付近に到達。六月三日早朝、部隊の残存者は、大里の草原の凹地に集結した。甘庶大尉以下百名位の人員になっていた。大尉は一同に対して、「この人員となっては、部隊としての独立した行動が許されなくなった。当地区守備部隊長殿（歩兵第八十九連隊長金山均大佐）より、第二十四師団（山部隊）の工兵第二十四連隊（児玉昶光《のぶてる》大佐指揮）への配属を命ぜられた」と伝えた。工兵連隊の第一・第二・第三中隊へ分散しての配属で、各自、工兵隊迎えの兵士に従ってこの場を後にした。

この日を以て、船舶工兵第二十六連隊の部隊行動は終わる。

沖縄戦は、日本本土防衛のための戦いであった。

沖縄は北部が山岳地帯で、中南部は比較的に平地に恵まれている。故にこの中南部を、米軍の日本本土攻撃の基地にさせないために、日本軍は主力を中南部に、一部を北部に配備して、上陸した敵を迎え撃つ作戦を立てた。

この作戦は、それまで米軍が砲爆撃の威力を以て太平洋諸島の日本軍を撃滅して来た戦法を考慮して、山や丘の麓に壕を掘り、洞窟陣地に依って対抗する作戦であった。

しかし、米軍の圧倒的な物量と、夥しい兵員、飛躍的な新兵器の前に、抗戦三か月で、日本軍は壊滅した。

だがこれが逆に、日本軍主力が北部の山岳地帯に布陣していた場合は、米軍は手を焼く状態になって、戦闘は長期化していたに違いない。

勿論、中南部は米軍の占領地とはなるが、北部山岳地帯の日本軍主力に対しては、米軍の誇る新兵器・機械化部隊も存分に活用できなくなるので、その点から推しても、日本軍主力は大分の兵員を擁した状態で、終戦を迎えることになっていた筈である。

しかし、日本軍主力が中南部を捨てて北部の山岳地帯に拠ることは、本土防衛の建て前から許されぬことであったに違いない。

※1　占領軍は、戦争中に我が国の指導的立場にあった者を拘引して、戦争の責任を問わんとしている一方で、天皇の存在を認めることによって戦後処理を手際よく遣っていた。各戦域の日本軍部隊は、天皇の終戦の詔勅を奉じて対戦して来た相手方に降伏していたのである。

だが、天皇は国の元首であり、軍の統帥であった。だから戦争を発動し、指揮したのも天皇である。このことを天皇は今どのように考えているであろうかと私は思った。

※2　為朝岩とは、首里城跡北東四キロの激戦地、前田高地の一角に在る大きな岩。昔ここで源為朝が武威を示したとの伝説がある。

※3　第三中隊は、昨年十月十日の空襲後、本部付の乾少尉、本部要員の兵九名を連隊本部へ分遣。本年五月中旬に長良少尉以下十八名。五月下旬に斉藤軍曹以下十八名を、弾薬挺進輸送隊として本島へ派遣している。

※4　寺師小隊（寺師清照少尉以下推定四十名）は海軍砲を同島へ輸送して行った第二中隊の第三小隊で、揚陸待機中に戦闘に巻き込まれ、乳井小隊と合同して戦った。

※5　宮城への出撃は、海軍山口大隊残存部隊救援のためと我々には伝えられていたが、その趣旨は、南部に退却する前線部隊（第六十二師団）の南下を保護する拠点宮城の確保。すなわち残置部隊として派遣されていたことを戦後の戦史によって私は知った。『沖縄方面陸軍作戦』（防衛庁防衛研修所戦史室著）にもそのことが記載されているが、当時の我々には知る由もないことであった。

4　牧港

捕虜達は沖縄の各地から来ていたので、各地区での戦闘の模様や、その後の状態などに就いて聞かされることがあったが、慶良間《けらま》列島と国頭の戦闘並びにその後の状態は、我々の予期していたようなものではなかった。私の知り得た慶良間列島と国頭の実態に就いて述べてみたい。

慶良間列島の座間味島には第一戦隊、阿嘉島《あかじま》・慶留間島《けるまじま》にも第二戦隊、渡嘉敷島《とかしきじま》には第三戦隊が配置されていた。各戦隊とも約百隻の特攻艇を保有していたが、軍司令部からの適切な命令指示がなくて四隻の例外を除くすべてが、偉大な破壊力を発揮することもなく終わっている。[※1]

三月二十六日朝、「敵上陸！」との各戦隊からの無線連絡が船舶団司令部にあって後、通信は杜絶した。

故に本島の我々は、各戦隊とも全滅したものと信じていたが、実際は、各戦隊ともそれぞれ島の山中に籠もっていたのである。

しかもその状況は一様ではなかった。第二・第三戦隊の各島は、米軍が制圧後引き揚げたので犠牲は少なかった。もっとも掃討されることもあったようだが、両戦隊とも終戦後まで部隊としての隊形を保って米軍に降伏している。これに反して第一戦隊のいた座間味島は、終戦前に既に部隊が崩壊している。

座間味島は列島内の中心的な島である。米軍にとっても、レーダー基地や高射砲陣地・仮収容所などを設けるためにこの島を必要としたので、再度の攻撃を掛け、掃討を繰り返した。

四月十二日には、戦隊長梅澤裕少佐が迫撃砲弾で大隊部骨折の重症を負い、五月半ば過ぎになって米軍に捕らわれている。これを以て座間味島日本軍の崩壊は決定的なものとなったのである。


さて国頭は、本島南部で壊滅した軍主力の生き残りである我々が、日本軍集結の地として目差した北部の山岳地帯であるが、その実状を知ってみれば、儚い敗残の夢でしかなかったことが分かる。

南部の軍主力が壊滅する前に、既に北部の守備隊である国頭支隊は崩壊していたのである。そして生き残った者は、住民達と同じく山中に逃亡していたが、その住民の数が、開戦前に南部から避難して来た者を加えて圧倒的に多くなっていたがために、元々食糧の少なかった北部では、飢餓状態に陥っていた。

南部の生き残りの日本軍将兵も、途中を米軍に遮断されて北部に立ち入ることが出来なかったが、仮令その全てが立ち入ることが出来たとしても、戦力ある集団としての存在を許される土地ではなかったのである。

沖縄守備軍は、本島南部に退却して六月二十二日に壊滅したが、当日、南部に生き残っていた将兵の数は、少くとも一万は越していた。現在生き残っているのは、その半数にも足りない数ではないだろうかという説が捕虜達の間では強かった。

六月二十二日に生き残っていた将兵の行動は、投降する者、自決する者、北部山岳地帯を目指す者、壕内や山中に踏み留まって潜伏する者とに別れた。

故に六月二十二日に生き残っていた将兵でその後死亡した者は、自決者と病没者以外は、北進しようとして米軍の阻止線に掛かるか、潜伏中を米軍に発見されるかして殺された者ということになって来る。

生き残った者は、敵中を突破するにしても、敵中に潜伏するにしても、多数で行動するよりは、少数で行動する方が、敵に発見される率も少ないし、食糧を確保する上に於いても都合がよいので、その殆どが少数で行動して来ている。

だが、部隊の儘で終戦後まで山間の洞窟に籠もって来た歩兵第三十二連隊（山三四七五部隊・北郷格郎大佐指揮）のような例外もある。

同連隊は米軍使の終戦の通報を確認した後、連隊本部（北郷大佐以下約八十名・真栄里東側の洞窟）、第一大隊（伊藤孝一大尉以下約百名・国吉の洞窟）が八月二十九日に米軍に降伏。

第二大隊（志村常雄大尉以下約二百名・南上原の洞窟）が、伊藤大尉の連絡を受けて九月四日に米軍に降伏している。

いずれも部隊で潜伏するに好適な洞窟と食糧に恵まれていたであろうことが推測される。

沖縄南部で日本軍が壊滅した六月二十二日、南部海岸線で米軍艦艇は、ラウド・スピーカーを使って日本軍残存将兵に投降を勧告した。この勧告は翌二十三日も行われて、かなり纏った投降者が出た模様である。[※2]

その一方で米軍は、那覇と与那原を結ぶ線と、中央部の北中城村字喜舍場を横断した位置に阻止線を敷き、北部山岳地帯に入ろうとする中南部の日本軍残存将兵を塞き止め、掃討を開始した。

この掃討は、数名、時には部隊を以て、中南部全域にわたって休むことなく続けられて来た。これは日本が無条件降伏した八月十五日以降も依然として続いていた。

だがその一方で米軍は、元日本軍将校の宣撫班員や強健な住民を使って、日本軍残存将兵の救出もやっていた。

以上が、日本軍残存将兵に対する米軍の措置であった。


そのうちに本島の各収容所に収容されている日本軍捕虜の総数が、約六千名と判明した。残存将兵の殆どが投降している現在、まだ山中に潜んでいる者の数を多く見積って千名と数えても、十万といわれていた沖縄守備軍の戦死者が、九万を上回るであろうことが我々にも想像された。※3

十月も末に近付いたある日の午後であった。私は数名の捕虜と共に、ゲート前方の小川の向こうに在るMPと衛生兵が生活している十数個のテントへ掃除に出掛けた。

このとき私は、ジョニーという衛生軍曹に要求されてノートに色鉛筆で俳画に類したものを数枚描かされた。

これは絵の好きな私が、収容所生活の暇潰しに、俳画式の絵をノートに色鉛筆で描いていたのを、捕虜の誰かが、私を絵描きでもあるかのようにジョニー軍曹に吹き掛けたからであった。

私の描いた未熟な絵を見て、ジョニー軍曹は「ナイス！」を連発した。そしてその後も度々ジョニー軍曹は、私を収容所から連れ出してスケッチブックに水彩絵の具で絵を描かすことになった。私も初めのうちは照れていたのだが、絵を描けば、外に出て開放感を味わえたのだし、その度に煙草やケーキなどを貰って帰るので、いつの間にかいい気になっていた。

そんなある朝、ジョニー軍曹が二世兵士ジミー高橋を伴って私のテントに現われ、私をドライブに連れ出した。ジープで中城《なかぐすく》城趾まで出掛けたのだが、ジミー高橋の通訳で、ジョニー軍曹と私は歓談することが出来た。私にとっては恵まれた一日であった。

これは日頃の私に対するジョニー軍曹のサービスであったが、この時、ふと私の脳裡に浮かんだことがあった。それはこれまでに思わぬこともないではなかったが、到底手に入れることは出来ないと諦めていた自分の日記のことである。

この日記は、沖縄に米機動部隊が来攻した日（一九四五年三月二十三日）から私が思い立って、携行していた一冊の手帳に鉛筆で書き続けて来たものであるが、米軍に投降する日の前夜（同年九月十三日）、潜伏していた首里の元野戦倉庫壕の内部に捨て置いて来たものである。〝投降する身には、これまでのことを誌して来た日記にももう意味がなくなった。また持って行っても恐らく米軍に没収されるであろう〟と考えてのことであったが、今となっては何とかして手に入れたい。〝可能性はある！〟と、私は思った。

ジョニー軍曹は、日の丸の旗や千人針を欲しがっているが、首里の元野戦倉庫壕の内部には、誰が捨て置いたのか、日の丸の旗が二枚、壕壁に広げて掛けてあった。そのことを軍曹に話して、元野戦倉庫壕に軍曹と一緒に出かけ、自分の日記を付けた手帳を取って来てやろうと私は企んだのである。[※4]

その日は意外に早く来た。十一月十日の朝であった。私はジョニー軍曹の運転するジープに、銃を持ったジミー高橋と一緒に乗って、屋嘉収容所を後にした。

そして昼前、目指す首里の元野戦倉庫壕前方高地の草原に到着した。私は軍曹に次いで下車したが、眼下の壕入口は、依然として塞がった儘になっていた。〝去る九月一四日早朝、下の壕入口から出た我々七名は、与那原の元野戦重砲隊壕からやって来た工兵隊軍曹以下五名が合流するとこの草原を出て、間もなく宣撫班員二名（元日本軍将校）に案内されて大型軍用トラックで迎えに現われた米兵四名の前に投降した〟その朝のことが私には思い出されて、感慨一入なものがあった。四辺は秋色濃く荒涼とした世界の中に潜まっていた。

元野戦倉庫壕には、人の入っている気配はなかった。我々が出る時に入口を塞いだ石がその儘になっていて、土の上に新たな足跡はなかった。私はホッとした思いで、そのことをジミー高橋を介して軍曹に説明した後、入口を塞いでいる大きな石を壕内に押し除けて、懐中電灯を片手に一人で壕内に這い入った。

そして懐中電灯の光を頼りに、黴臭い通路を幾曲りかして、日の丸の旗のある中央の座席に入った。旗はその壕壁に二枚、依然として掛かっていた。いずれも〈武運長久〉と大書して、その周囲に関係者の氏名や激励の言葉などを寄せ書きしたもので、ジョニー軍曹の欲しがっているものである。私は手に取ろうとしたが、一瞬ためらった。〝国旗である。故人の武運長久を祈って大勢が寄せ書きしている〟との思いが私の脳裡を過《よぎ》った。

だが、背に腹は代えられなかった。自分の日記を手に入れるためにここまで軍曹を釣って来た餌である。それに今となっては価値も無いものだと思い直し、私はその旗を二枚とも取り外してポケットに捻じ込んだ。

そして私は、自分の日記を付けた手帳を捨て置いた壕の奥に向かって急いだ。途中私は、〝現在この壕に人のいる気配はないとしても、ひょっとしたら、これまでに誰かが入って来て、自分の日記が無くなっているのではないだろうか？〟との懸念に襲われた。

しかしそれは全くの杞憂に過ぎなかった。私が日記を付けて来た手帳は、壕の奥の通路の隅に、私が捨て置いた時の儘になっていたのである。

私は十数メートル先を照らす懐中電灯の光の輪の中にそれを見て、「あった！」と心中に叫びながら近付いて行った。正しく自分が日記を付けて来た手帳である。私は手に取ってしげしげと懐中電灯で照らし、込み上げて来る歓びを噛み締めた[※5]。

十一月も末になると、捕虜達の間に復員の噂が起きた。捕虜達にとっては真剣な話題である。この時になって初めて私にも望郷の念が起きた。故郷の高知市の街や山や川、家族や親戚、知己友人のことなどが懐かしく偲ばれた。生きて還るという後ろめたさはないでもなかったが、とにかく帰るべきだと私は思った。

ある日の午後であった。「おい元気か！」と、突然、馳平がテントの入口に現われた。「おう、おんし（お主）も元気か！」私は歓んで彼を座席に上げようとしたが、「作業の都合でトラックがここに立ち寄ったのでおんしに会いに来たが、許された時間は三十分しかない」と馳平は言った。

私は急いで馳平とテントを出て、彼を乗せて来たトラックが停っているというゲートに向かって、話しながら歩いて行った。

馳平はやはり国場収容所にいるとのことであった。一緒に投降した者の消息に就いて私が尋ねると、軍属の石川・藤原・柳本の三人と西軍曹のことは分からないが、中村はやはり米軍宣撫班にいる。「中村に呼び出されて米軍に投降した」という者が、国場収容所に二人来ていると馳平は言った。

ゲートに近付くと、ゲートの外側に、馳平を乗せて来た米軍のトラックが停まっていた。二人はそのトラックの見える右手の無人のテントの入口に腰を下ろして話を続けた。

復員の噂に就いて私が問うと、馳平は笑って、米軍の使役作業が依然として陸揚げされて来る物資の整理に追われている実状を述べ、「俺達は当分、帰れそうにもないなあ…」と、半ば諦めてでもいるかのように言った。

その数分後に、馳平は同乗して来た捕虜三人と共に、監視の米兵二人の乗る軍用トラックの荷台に上がって、慌ただしく屋嘉収容所を立ち去って行った。[※6]

十二月に入ると、宮古島方面から武装解除された部隊が続々と入所して来た。階級章と軍刀・帯剣を取り外しただけの旧軍服姿であった。

十二月も半ばを過ぎると、頻りに復員の噂が収容所内に流れた。そして遂にその日が来た。

十二月三十日の朝であった。係りの捕虜から、復員することを伝えられた我々軽傷患者百三十余名は、乗船前の所持品と服装の検査を受けるため、キャンプ前方の広場に整列し、ナップサックから所持品を出して足下に並べた。

このとき私は、例の日記を書き写した手帳を没収されないように、逸早く自分の荷物を並べた下の砂地に埋めたが、米兵の検査は大様で案ずる程のこともなかった。

周りは私の知らぬ顔ばかりになっていた。ふと〝樋口はどうなったのだろう…〟と考えたが大勢の中である。今は流れに身を任すより仕方がないと私は思った。

所持品の検査に併せて服装検査も行われた。服装はＰＷの印しの付いた米軍戦闘服を着て、米軍の編み上げた靴を履き、米軍の戦闘帽をかむったいつもの服装であったが、ＰＷの印しが薄くなっている者が何人かいて黒インキで塗り直された。

所持品と服装の検査が終わると、我々は五台の米軍トラックに分乗して、屋嘉収容所を後にした。牧港へ向かったのである。

トラックは列をなして疾走した。時折、上空を米機がよぎって行った。トラックは、石川から西海岸の久良波《くらは》に出た。西海岸沿いに南下して、約一時間後に牧港の海岸に到着した。

この海岸は、去る五月四日黎明を期しての軍総攻撃の一環として、前日夜半、我々の部隊主力部隊長以下六百が大山へ逆上陸しようとして沿岸を潜航中、敵に発見されて上陸し全滅した所である。往時を想起して空しいものが私には感じられた。

沖合いに米輸送船が一隻見られた。復員船のようであった。

我々は海岸に係留されていた五隻の米軍舟艇に分乗して、沖合いの米輸送船に向かった。この米輸送船ゲーブル号が我々の復員船であった。

やがて舟艇はゲーブル号の船腹に接近し、我々は順次タラップ（舷梯）を登った。そして甲板から、ゆったりしたキャビン（船室）に入ってそれぞれ席を占めた。

しかし、船はなかなか出港しなかった。一九四六年（昭和二十一年）の元旦は船上で迎えた。そして五日の朝になって、漸く船は動き出した。だが、この朝の印象は暗い。

どんよりと曇った空であった。船が動き出すと、船内にいた半数近くの者が、急いで甲板に出始めた。去り行く沖縄の姿を眺めようとしてである。私もその中に混って中央の甲板に出た。

このとき突然、「敗残兵だ！」「敗残兵の死体が流れて来るぞう！」と叫ぶ声が左舷で起きて、皆は左舷に走った。

私も皆に続いて左舷のハンド・レール（手摺）に詰め寄った。海上に眼をやると、船首の方から波に乗って、軍服姿の俯伏せた長髪の一人の日本軍兵士の死体が、流れるように舷側の向こうに近付いて来た。

一瞬、皆は沈黙した。彼の死因に就いては知る由もなかったが、彼がまだ日本軍兵士として、本島のどこかに潜伏していたことだけは明白である。皆が息を呑んで見守るうちに、死体は眼前をよぎって、矢のように船尾の彼方へと遠去かって行った。

その向こうの暗い海の上に、牧港を左にした浦添村《うらそえそん》（現在の浦添市）背後の山並みが黒く聳り立つかのように迫っていた。長期にわたって日米両軍が死闘した前田・仲間に続く山々である。その山容は厳然として、人間の感傷を拒否するかのようであった。

※1　四隻の例外とは、三月二十八日払暁、慶留間島の第二戦隊第一中隊長大下真男少尉指揮の四艇（十六名？）が米艦艇を攻撃。二艇は消息を絶ったが、二艇は敵中を突破して大下少尉以下八名が本島に到着。戦果は駆逐艦一隻を撃沈、大型輸送船二隻を大破炎上を報ぜられた。

※2　六月二十二・二十三日の南部海岸線では、投降を勧告する米軍艦艇に向かって泳いで行く日本兵を、海岸の岩陰から同じ日本兵が銃撃するという光景が、あちこちで起きていたと同海岸から来た捕虜達は話していた。

六月二十二・二十三日の南部海岸線での日本軍投降者は、約三千名と米軍は発表していた。

※3　沖縄県援護課は、軍人の戦死者を、本土兵六五九〇八、地元出身兵（但し防衛隊員を含む）二八二二八と発表している。

※4　千人針は、一枚の晒し木綿に、千人の女が一人ずつ糸を結び付けて、これを腹に巻いて出征する兵士には、敵弾も避けてとおるといわれた。

※5　首里の元野戦倉庫壕から屋嘉収容所に私が持ち帰った日記を付けた手帳は、負傷したときの血痕などでひどく汚れていたので、その後、手に入れた古い手帳を綴じ直してこれに日記を書き写した。

※6　馳平とは、与座岳以来、死生を共にして来た仲である。彼が自分のことを気遣って立ち寄ってくれたと思うと私は嬉しかった。

潜行中、私と馳平はよく口喧嘩をした。いつ殺されるか分からぬ敵中の行動である。遣ることが好くいかなかった場合などには、互いに責任を擦《なす》り付けたりして言いたい放題、争って来た。

でもそれは遠慮の無い仲で生まれた愚痴であって、後に痼《しこり》を残すことはなかった。心の底では互いに頼り合っていたからである。

だが、喜舎場で私が銃創を受けてから二人で避難していた新垣の山に、友軍の残存将兵が増えて米軍の大掛かりな掃討の危険が迫っていたある夜、「首里の元野戦倉庫壕に行って偵察して来る」と馳平は言って、柳本と出掛けたまま帰らなかった。

「奴は俺が負傷して足手纏いになると思って撒いたに違いない！」と、私は僻み馳平を恨んでもいたが、新垣の山が米軍の大掃討を受けることになって、結局は、石川や藤原と首里の元野戦倉庫壕に彼を尋ねて、再び一緒に行動することになった。

ともあれ今日の自分が在るのは、馳平の友情に負うところが多い。生涯、忘れてはならぬことだと私は思った。

おわりに

一九四五年九月一四日に、沖縄で米軍に投降した私は、〝日記を付ける趣味〟が高じて、沖縄に米軍が来攻した三月二十三日から、米軍に投降した前日まで欠かすことなく、手帳に鉛筆で日記を書き続けて来ていたが、投降後は書くという意欲を全く無くして、何も書いて来てはいなかった。

しかし、その私も、復員後三年目の一九四九年秋になって〝当時のことを書き残して置くべきでは〟との思いから、記憶を辿って投降後のことを書き纏めて来ていた。

これに今春、多少の補足修正の手を加えて捕虜のマークを冠し、『ＰＷの記録』と題した次第である。

当時の実状の一端でも知って頂ければと願うものである

（二〇〇一年三月　完）。

復員の日記

1　横須賀

沖縄からの帰還第一陣として、元日本軍将兵二百五十余人（上級将校三、四人・軽傷患者約二百五十人）を乗せた米輸送船ゲーブル号が、浦賀の沖合に投錨したのは、一九四六年一月七日の夕刻であった。

四辺はまだ明るく海は凪いでいた。しかし、白い雲が垂れ籠めて、浦賀の湾口と、その左右に拡がるなだらかな山を背にした海岸が、ゲーブル号の右手にあった。

既に右舷上甲板のハンドレール（手摺）には、捕虜マークの付いた米軍戦闘服（上衣の背と、ズボンの膝の上に、ＰＷと黒インキで大きく印していた）を着て、米軍戦闘帽をかむった長髪の私たち軽傷患者が五十人ばかり寄っていた。誰もが出征以来はじめて間近に見る祖国本土の佇まいであった。だが、歓声を挙げる者も、涙を流す者もいなかった。黙っている者もいれば、何気なく話し合っている者もいて、甲板上にはいかにも落ち着いた雰囲気が漂っていた。

この甲板上の落ち着いた雰囲気は、米軍管理下の開放的な捕虜収容所での生活を通じて、時代の動きや、敗れた日本本土の状態を、それなりに誰もが摑んで来ていた所為であった。

私は右舷前部のハンドレールに寄り掛かっていたが、浦賀を目の当たりにしてから急に自嘲の念に駆られた。敗れた祖国本土へ、米軍の捕虜となって帰還したのである。

今更のように私には、沖縄でのことが想い起こされた。私は船舶工兵第二十六連隊（暁一六七四四部隊）兵士として沖縄に戦い、南部で日本軍壊滅（一九四五年六月二十二日）後、僚友一人と北部山岳地帯へ向かって潜行したが、中部で右肩甲部に銃創を負って山中に潜伏し、同年九月十四日朝、僚友及び他部隊兵士八人・軍属三人と共に米軍に投降した。残存将兵救出のためにやって来た米軍宣撫班員二人（元日本軍将校）から、日本が連合国に対して無条件降伏したことを知らされ、「終戦の詔勅が下っている。軍人としての任務は終わったのだ」と説得されてのことであったが…。

だが、この私の追憶も束の間のことでしかなかった。浦賀からランチが二隻近付いて来たのである。いよいよ上陸であった。

甲板上は、青いナップサックを携行した私たち軽傷患者で一杯になった。

ランチが舷側に接近すると、順次タラップを降り始めた。私もその列の中に混ってランチに乗り移った。

ランチは黄昏はじめた寒い海上を走って、浦賀の湾内に入ると、左側の小さな栈橋に着いた。魚船の船着場である。堤防上に至る石畳の斜面を、一同は四列の縦隊になって登って行った。私もその中に混って登った。

このとき突然、一同の右手に七、八人の少年が現われて、「小父さん。キャンデー下さい！」「シガレット下さい！」とせがんだ。

少年たちに近い連中が何かくれてやっていたが、意外なことに、新聞や写真特報などで知らされていたみすぼらしい戦災孤児とは違って、見形も普通の少年たちであった。そしてその数は俄かに増えていった。

日本の子供が、かつて日本軍の占領下にあった中支（現在の中国中央部）の子供たちと同じようなことをやっている。負けたらどこも同じかッとの侘びしい思いが一瞬、私の脳裏をよぎった。

私は中支の歩兵第二百三十六連隊（鯨六八八四部隊）から、一九四四年六月に、和歌山で編成された船舶工兵第二十六連隊へ転属して来た兵であった。中支にいた当時、中支の少年たちにこのように物を乞われた経験が幾度かあった。そのことが思い出されたのである。

堤防上に出た一同は、そこに待ち構えていた兵隊服姿の男や制服を着た看護婦たちによって、五十人ほどの単位に分けられていった。

私の属した組は、兵隊服の男二人と、制服の看護婦二人に迎えられて、堤防上の一隅に二列の横隊になって整列した。

鋭い口笛が幾つか鳴っていた。看護婦たちを見てのはしゃぎであった。長い間、女性とは隔離されて来た私たちである。はしゃぐのも無理はなかった。

薄闇の中に立つ彼女たちの白い面差しと襟首、その健康な姿態が、私には不気味なほどに艶かしく見られたのが印象に残っている。

間もなく私たちの組は、他の上陸者たちと別れて、待機していた二台のトラックに分乗させられ、宿舎である横須賀の元東京湾要塞司令部（現在は国立横須賀病院）へ向かった。

夜の帳《とばり》に包まれた沿道の家々には灯が点っていた。

私は先行するトラックの運転席後部の荷台に、三、四人の者と一緒に立って前方を注視して行ったが、想像していた空襲による被害はどこにも見掛けられなかった。

約一時間後に、トラックは横須賀の元東京湾要塞司令部へ到着した。

宿舎は山際にあった。迷彩色を施してはいたが、白っぽい大きな建物であった。内部は、奥行きの深い広いコンクリートの土間を中央に、両側が板張りの床になって、電球が四つ、高い天井から垂れ下がったコードの端に輝いていた。

私たちはその土間に立って、案内して来た二人の男から、宿舎生活についての指示を受けた。その時、「検疫の許可が下りるまでは、絶対に外出してはならないことになっています」と、施設外に出ることを固く禁じられた。

その後で各自に毛布が三枚あて配られた。そして彼らが立ち去ると、私たちは両側の床の上に毛布を敷いて、それぞれ席を占めた。

私は入口から近い右手の床の上に毛布を二枚敷いて、山部隊（第二十四師団）の元上等兵斉藤重行と並んで腰を下ろした。斉藤は迫撃砲弾の破片で右大腿部を負傷し、その傷痕は癒えてはいるが跛行状態である。

程なく夕食となった。係員が運んで来た大きな缶入りの食餌を、旧軍隊式に皆で手分けして、中央の粗末な卓上にアルミの食器を並べ配食したが、大豆入りの飯と、菜っ葉の二切れぐらい入った醤油汁であった。量も少なく、侘びしい食餌ではあったが、誰もが一応は覚悟していたことである。不平を言う者はいなかった。

夕食が終わると、二、三人の者が宿舎を出た。付近の地理を心得ている様子であった。

だが、他の者はそれぞれの席で、胡座を組んだり寝転んだりして、話し合ったり鼻歌を口ずさんだりしていた。みんな如何にものんびりしたものだったが、これは誰もが軍隊生活の中で自然に見に付けて来た成り行き任せの気楽さからというべきものであった。

が、成り行きに任せているとはいえ、帰れば何とかなるだろう。との期待だけは、誰もが多少に拘わらず持っている。か細い夢であり、希望でもあるのだが、しかし、それ以上のことは考えられない。無論、負傷のことも気に掛かってはいるし、肉親の安否や、故郷の被害の模様、帰ってからの生活のことなども気遣われはするが、帰ってみぬことには案じても仕様のないことである。

やがて消灯の時刻となって、私は皆と共に床に就いた。捕虜マークの付いた米軍戦闘服を着用したままで毛布にくるまり、板の間に横たわったのである。

宿舎内が闇に包まれて潜まると、今更のように、沖縄とは違った寒さが身に沁みて私には感じられた。外には風が出て、裏山の木立を騒がし、窓ガラスを鳴らしていた。

一月八日（火）晴

午前九時頃であった。宿舎へ元軍医らしい年配の医師二人と看護婦三人がやって来て、私たち軽傷患者五十二人は検疫を兼ねた診療を受けた。

この検疫と診療の結果によって、私たちの入院先が決定されるのではなかろうか。そうだとすれば、「検疫の結果は明後日でなければ判明しない」と医師が言っていたので多分その頃になるであろう。

私の右肩甲部の銃創はほとんど治っていて、腕も不自由を感じないほどに動いてはいるが、まだ患部に小豆大の肉腫が残っている。治療を怠ると、これが糜爛《びらん》して拡がってくる。今の私にとっては、この負傷を一日も早く治すことが第一の課題である。

その前提としての検疫と診療を受けた訳だが、昨夜の係員は、「検疫を受けて医師の了解を得るまでは外出してはならないことになっています」と厳重に私たちに注意した。そのことは私にも解らぬではないが、出るなと言われてみれば出てみたくなるのが人情である。まして三か月余も沖縄の米軍監理下の捕虜収容所に拘束されて来た身が、やっとその拘束が解かれて本土へ辿り着いたのである。白中、自由に出歩いてその開放感を味わってみたいという誘惑に私は駆られた。ただ、捕虜マークの付いた米軍戦闘服姿で出て行くことについては、多少面映ゆい感じもしたが、知らぬ土地のことでもあるし、深刻に考えるほどのことではないと私は思った。

昼食後、私は斉藤を誘った。「裏の山から外へ出てみないか」「見付かったらどうするんだ?」彼はいたずらっぽい顔で訊いた。「見付かったらやるまでよ!」喧嘩するまでだと私は応えた。「面白い。行ってみるか!」彼はにやりとして頷いた。

宿舎を出た私と斉藤は、裏山の斜面を覆う木立の中に入った。その十二、三メートルほどの斜面を登り詰めると視界が開けた。木立が途切れて、左手の山頂から麓に掛けて人家の建ち並ぶのが見られた。

その左手の山頂に通じる小道を二人が歩いて行くと、向こうから一人の兵隊服を着た角刈り頭の男がやって来た。下駄を履いた中年の男である。

彼は近付いて来ると、「沖縄からお帰りになられたそうですね。御苦労様でした」と、人懐っこく二人に声を掛けて足を停めた。

「はあ」と、互いに二人は応えて立ち止まり顔を見合わせた。地元には、昨夜、私たちが下の宿舎に入ったということが既に伝わっている様子であった。

「家は直ぐそこです。是非お茶でも上がって下さい」と誘われて、彼の家に二人は行くことになった。

彼は問わず語りに「今は仕事にあぶれて…」と言ったが、戦争中は軍需産業にでも関わっていた風である。しかし、そのことについては語らなかった。

五分と歩いたであろうか、山頂に近い小ぢんまりした平屋建て新築の彼の家に着いた。

玄関の柱に「丸山利吉」という名刺が貼り付けられてあった。住所は横須賀市公郷町一丁目（現在は上町一丁目）になっていた。

二人は玄関脇の四畳半の間に入って、彼の手製であるという台の下に電球をぶら下げた電気炬燵を囲んだ。

奥から粋な着物姿の細君が現われて挨拶し、茶を運んで去ると、彼は煙草盆を炬燵の台の上に乗せて煙管《キセル》を取り出し刻みを詰めた。

私と斉藤が、携帯した煙草スリーキャッスルを一袋ずつ差し出すと、「いやこれはどうも」と、彼は顔を綻《ほころ》ばせて両手に押し頂き、一本取り出してマッチを擦り、如何にも美味そうに吸った。二人も煙草に火を点けた。

彼はまず二人の出身地について訊ねたが、私が「高知県です」と応えると、彼は徳島の者だと言って、私が同じ四国の人間であることを懐かしがった。

思わぬところで四国の人に出合うものである。私も何だか彼に対して親近感を覚えた。

彼は沖縄における二人の体験を何かと訊ねた後、空襲で焼け野原と化した東京の状態や、混乱した世相などについて話した。

東京の参状は、収容所に掲示されていた本土の新聞や写真特報などによって大体のことは私たちも知っていた。

私はその状景から推して、裏賀やこの横須賀もどこかに被害を受けているに違いないと想像していたが、「浦賀も横須賀もやられていません」と彼は言った。

私にはちょっと意外に思われたが、どちらにも日本軍の基地があったので、米軍が攻撃を避けたのか、それとも戦略的に破壊を必要としなかったかのいずれかであろうが、ともかく空襲を受けなかったということは何よりである。

だが、空襲を受けなかったこの地域にしても、その生活は暗い。戦争による家族や肉親の被害などは別にしても、生活の物資が底を突いているというのである。

「何もかもが配給制で、それも欠配状態です。一日一人平均二合（二百八十グラム）の配給米ではとても生きて行けないですよね。それでみんながリュックを担いで農家へ食糧を買い出しに行くのです。米でも芋でも野菜でも、腹の足しになるものならば何でも買って来る訳です。だけど折角手に入れても、途中で闇物資取締りのポリスに見付かれば全部取り上げられちゃうのです。その取り上げるポリスだって、配給米だけでは生きて行けない筈ですよね。闇市に行けば何でもあるんだが、物凄く高い。

米一キロの公定価格が一円九十五銭だが、闇値は三千五、六百円かかる。月給取りの平均月収が八百円ぐらいになるでしょうか。収入だけでは絶対食って行けない。だからみんなが衣類を売ったりして食いつなぎをしている訳ですよ。農家だって金より衣類を持って来いと言うところが多い。衣類を売って食う訳だから筍生活って言われているんですよね。全く今の世の中、暗闇ですよ」彼はぼやいた。

物資は既に戦争中から我が国には不足していた。その我が国の主要都市が空襲によって破壊されたのである。物資の欠乏は私たちの想像もつかない状態に陥っていることを改めて思い知らされた。

「それにしても、内地の軍隊の物資は相当なものだったと思うんですがね。それがどうなったんですかねえ…。聴くところによれば、上級将校の中には、自分の地位を利用して物資を横領した奴が随分いるとのことですよ。兵隊だって、トラックを運転したり、馬に乗ったりして帰った奴が大分いるんですからね」彼は力説した。

軍隊解散のどさくさに紛れて、将校の中にも、兵隊の中にも、抜け目のない行動を執った奴がいたに違いない！しかしそれにしても、同じ軍隊でも戦場にいた者と、本土にいた者とでは、比較にもならない相違があったことが私には改めて考えさせられた。

「ともかく戦争負けてから、日本人も変わったんですよ。女だって随分変わった。進駐軍（占領軍）の兵隊相手に淫売する女も出来てですね。パンパンガールっていわれてるんですがね。これが横須賀にも一杯いるんですよ。どぎつい化粧をして、派手な服を着て、アメリカの兵隊と腕を組んで我が者顔に歩いているんですよ。戦争中は「大和撫子」だとか、「軍国の妻」だとか言われていた日本の女がサァ、アメ公とでれでれ歩いてやがるんだ！」彼は慨嘆した。[※1]

占領軍兵士相手の街娼のことについては、私も収容所に掲示されていた新聞などで見ていたし、自分が中支にいた当時、中国人街娼が日本軍兵士を相手にしていたことも知っていたので、別に驚きもしなかった。敗戦国の女性が、戦勝国の兵士に肉体を売る行為は、歴史的に見ても、洋の東西を問わず古来から繰り返されて来たことである。憤りよりも、敗戦の悲哀といったものが沁々と私には感じられた。

このあと彼は、社会の治安状態について話したが、占領軍兵士による略奪・強姦・暴行・障害・殺人なども相当なもののようである。相手が占領軍兵士だけに、MP（ミリタリー・ポリス）ならいざ知らず、日本の警察では全く手が出ず、新聞にもろくに載せられることなく闇に葬られるケースが多いという。

しかし考えてみれば、占領軍の横暴は何も今に始まったことではない。古代から世界各地において繰り返されて来たことである。日本軍にしても、占領地では随分ひどいことをやって来ている。今度は逆にこちらがやられることになった訳である。

だがそれにしても、元日本軍兵士による犯罪も結構多いようである。「夜間に出歩くのは危険です」と彼は教えた。そしてトラックに乗る特攻隊生き残りとおぼしい武装した集団が、物資のある会社の倉庫を襲うという事件が後を絶たないと言った。

一月九日（水）快晴

午前中は誰もが宿舎を離れなかった。当然、治療があるものと期待していたのである。しかし、昼食後になっても治療の行なわれる気配はなかった。

そのうち一人の右腕を包帯した目つきの鋭いのが、「俺が行って話しを付けて来る！」と、事務所へ交渉に出掛けて行った。

だが間もなく膨れっ面で引っ返して来て、「ここでは治療は出来ないそうだ。明日か明後日、入院先が決まるといっている」と言った。

「治療できないのだと！」「医者も看護婦もいないのか！」などと誰もがぼやいたが、宿舎に保護されている身である。諦めるより他に仕方がなかった。

私はこんな時にでももと携行して来たリバノール錠をコップの水に溶かしてガーゼの端切れを浸し、斉藤に患部へ当てて貰って三角巾を肩に巻いた後、「どうだ。また出掛けてみないか」と彼を誘った。丸山氏宅への訪問である。彼に異存のあろう筈はなかった。

昨日の私と斉藤は、丸山氏から混乱した世相について色々と教えられたが、新聞を見る間がなかった。今日は是が非でも新聞を見せて貰わねばならぬ！と朝から考えていたのである。

私と斉藤は、裏山伝いにまた丸山氏宅を訪ねた。幸い丸山氏は在宅していて、二人を昨日と同じ例の電気炬燵へ招じた。

私は斉藤と炬燵へ入りながら丸山氏に要請した。「新聞を見せて頂けませんでしょうか。古いものもありましたらお願いします」「ああ新聞！ちょっとお待ち下さい」丸山氏は甲高い声を挙げて隣りの部屋に入った。

そして八日と九日の読売新聞を取り出して来て炬燵の上に置き、「紙が不自由なものだから、塵紙の代用に使ってしまって直ぐ無くなっちゃうんですよ」と笑った。[※2]

二人は交互に新聞を取り交わして見たが、八日、九日ともに、政界の昏迷状態を述べた記事が一杯であった。

「幣原内閣ももう駄目ですよ。マッカサー（連合国軍最高司令官）の追放令には、ほとんどの大臣が戦争指導者として引っ掛かる筈だ」傍らで丸山氏は嘆じた。

「マッカサー司令部の発した侵略政策指導者の追放令は、幣原内閣を根底から揺さぶり、改造か総辞職かの段階に立ち至っている。なおこの追放令を厳密に適用すれば、閣僚はほとんど抵触する公算が大である」と新聞には記載されている。いまや日本の政界は、アメリカの占領政策の下に揺れ動いているのである。

既にマッカーサーの追放令によって、戦争中の指導的地位にあった軍人や政治家などは、戦争犯罪者としての烙印を押されて多数勾留されている。

新聞によれば、来週から東條元首相などの公判が開始されるとのことだが、所詮、勝者の裁きである。一方的にやられるに違いない。勝者が自己の立場を正当化して敗者を葬るは、蓋し古来からの習いである。

一月十日（木）快晴風あり

昼食前、宿舎へ年配の係員が一人やって来て、一昨日の検疫及び診察の結果について発表した。検疫の結果については、「異状がなかった」とのことであった。これで外出に対する禁が解かれた訳であるが、それと同時に診察の結果、各自の入院先が指定されたと伝えた。

そしてその病院名と該当者の氏名を彼は読み上げた後、「明十二日午前中に、それぞれの病院から迎えに来る予定であります」と告げて立ち去って行った。

外出の禁止が解かれたと思ったら、早速の入院措置である。しかし、「病院ならば、たとい待遇が悪いとしてもここよりは好いだろう」というのが皆の推定であった。

私は斉藤を含む十二人の者と一緒に、世田谷の国立大蔵病院（元東京第四陸軍病院）へ入院することになった。特に症状の軽い者ばかりである。

昼食後はほとんどの者が外出した。外出といっても、仲の好い者同士で付近の町をぶらつく程度のことであったが…。

私は斉藤と一緒に、いつもの裏山伝いに丸山氏宅へ向かった。二人にとって丸山氏は、本土へ上陸後はじめて接した市井の人である。僅か三日間の交際ではあるが、激変した世相を知る上において教えられるところが多かった。またいつ会えるかも知れないので、一先ず挨拶をして置かなければと考えたのである。

丸山氏は食糧買出しから帰ったばかりであった。玄関脇の一間に妻君と二人で新聞紙を広げて、七キロほどの玄米と三十個ぐらいの薩摩芋の山を前にしていた。

久里浜に近い農家から買って来たとのことであったが、「農家も狡《ずる》くなって、食糧の値は上がる一方です」と彼はぼやいていた。

米と薩摩芋は片付けられて、三人はいつものように炬燵を囲んだ。「色々お世話になりましたが、明日、世田谷の国立大蔵病院へ行くことになりました」私は先ず彼に告げた。すると彼は急に頓狂な声を挙げて、「そうだ！家内と話したことですが、貴方たちが無事に帰られたということを、お宅の方へ手紙で私がお知らせして置きましょうか…」と、私と斉藤の顔を覗くように見た。「お願いします」と、咄嗟に斉藤は応えた。だが私は、「家がどうなっているのかも分からないのだし、お手数を掛けますので…」と、そのことについて渋った。日本軍の壊滅した沖縄から生きて帰ったのである。家族が無事だとしても、自分の帰還を急いで知らすことに私は躊躇《ためらい》を感じた。

しかし結局、執拗に彼に勧められて、高知市西町の住所と、父の氏名を私は彼に告げた。

住所は高知城西南約一キロに位置する江ノ口川上流の北岸で、古びた二階建ての借家に、父里馬《さとま》と母美加治《みかじ》の二人が暮らしていた。

父は一九〇七年（明治四十年）二十七歳で、高知市水通町四丁目（現在上町四丁目）に土佐手漉紙の製紙工場を設立。従業員百余人を擁《よう》する企業に成長したが、私が八歳になった一九三〇年に破産してからは、不遇の一途を辿って来た男である。

母は平凡な女ではあったたが、気立てが優しく、元の従業員たちに慕われていてよく訪ねて来ることがあった。

私が入営した当時（一九四二年十二月）の父と母は、父の実姉である徳平駒寿の長男元太郎の経営する対岸の徳平製紙工場で働いていた。父は雑役夫、母は紙付工（注　漉き上げた紙を乾燥させる工員）となって、細々と生計を立てていた。

この父母の元で、私は入営の日まで漫然と過ごして来ていた。

生きていれば、父は六十六歳、母は六十歳になっている筈である。

※1　日本は敗戦によって米軍の占領下に置かれているので、その米軍は占領軍と呼ぶべきである。進駐軍とは、進入して駐留する軍に対する呼び方で、占領軍とは趣旨が異なる。占領軍を進駐軍と呼び、敗戦を終戦と形容するは欺瞞である。

※2　新聞は普通の新聞紙一ページの半分の大きさであるタブロイド判であった。枚数も少なかった。

2　世田谷

一月十一日（金）快晴

午前九時頃、宿舎へ国立大蔵病院からのトラックが一台やって来た。

運転席から現われたのは兵隊服姿の二人の男で、若いのが運転手、年をとったのが係員であった。

待機していた私たち十三人は、このトラックの荷台に上がって宿舎を後にした。

トラックは横須賀の大通りを横浜へ向かって走った。沿道には戦前と変わりない佇まいが続き、路上を人の往き交う姿が絶えなかったが、世相を反映してか何か暗い雰囲気が漂っていた。道往く人々の服装も粗末なもので、男は兵隊服に戦闘帽、女はモンペ姿の者がほとんどであった。[※1]

その中を、木炭燃焼装置を背負ったトラックが煙を吐き出しながらよたよたと走っていた。

輪タクも見られた。自転車の後部、または横に、人を乗せる箱形の車体を取り付け、運転手がペタルを踏んで走るやつである。

その輪タクや木炭車を蹴散らすように、占領軍のジープが何台か駆け抜けて行った。

時折、上空を米機がよぎった。

横浜に入ると、風景は一変した。

一望の焼け野原で、その瓦礫の向こうの海上に、スマートな米艦艇の浮かぶ姿が異様に望まれた。

空には米機が数機旋回していた。

路上に米兵の姿が散見され、ジープもかなり走っていた。

トラックは焦土と化した横浜から、川崎・品川・目黒を経て、正午前、世田谷の田園地帯の一角に在る国立大蔵病院（現地名＝世田谷区大蔵二丁目十番一号）へ到着した。広大な敷地に設置された木造建ての病院である。

私たちは係員に案内されて、東四院第三病棟の薄暗い廊下の端にある病室に入った。

そして各自で寝台を決めたが、私はまた斉藤と並ぶことにした。ここで初めて私たちは、捕虜マークの付いた米軍戦闘服を脱いで病衣に着替えた。

このあとで係員は、入院患者の「患者心得」について色々と私たちに伝えたが、「病院の規則に違反した場合は、即日退院させられます。特に外出は禁止されていますので…」と繰り返して念を押し立ち去って行った。

まるで旧陸軍病院の規則を焼き直したような「患者心得」である。誰もがぶつくさぼやいていた。

間もなく昼食となったが、真っ黒い麦飯と大根汁で、病院といえども元の宿舎と変わりはなかった。

食後、病室へ若い看護婦三人が私たちの治療にやって来たが、如何にもそっけない態度であった。訊ねもしないのに、「包帯交換はいつも午前中です」と、私たちへの施療が余分の仕事でもあるかのように零《こぼ》していた。

誰もが不快な感じは受けたであろうが、入院早々のことである。さすがに怒る者はいなかった。

治療後、私は病棟の様子を見てやろうと思って斉藤を誘い廊下に出たが、広い病棟は潜まり返って、他に患者のいる気配はなかった。

が、その潜まった病棟の廊下を二人で歩いて行くと、私たちの病室とは反対側の端の一室から、病衣を着た大きな坊主頭の色の浅黒い男が出て来た。いないと思った患者がいたのである。

「沖縄から帰られたそうですね。まあお入りになって下さい」彼は二人を自分の病室に招じ入れた。

病室内はがらんとして、彼の他に誰もいなかった。互いに自己紹介したが、その後で彼は、二人に訴えるかのように病院の措置について色々と話した。

その話によれば、彼は部隊と共に共産軍治下の北支（現在の中国北部）から復員して来た者で、浦賀へ上陸後、他の傷病患者十六人とこの病院へ送られて来た。しかし、他の者はみな元気な軽い症状だったので、病院の待遇を不服として、それぞれ帰住地の国立病院で治療を受けたいと願い出て退院して行った。自分は肝臓が悪いが、帰るだけの体力が出来れば退院する積りである。何分にもこの病院の患者に対する措置はなっていない。職員たちは患者用のビスケットなど食い散らかしてぶらぶらしているのに、毎日ろくなものは患者には食わさないし、診察も治療も滅多にやってくれない。退院者には、帰宅先によってそれぞれ旅費と食糧が支給されるのみで、病衣を着せたままで帰し、帰宅後その病衣を病院に送り返して来る規則になっているとのことであった。

私はこの話を聞いて、言い様もない憤りを覚えた。係員の言葉や看護婦の態度で嫌な予感がしていたのだが、これでは全く厄介者扱いである。

思いなしか斉藤も、むっとした表情で私の顔を見た。

しかし以上の経緯を述べた彼は、如何にも仕方がないといった顔付きで二人の顔を見ていた。

私はその彼に、未だ兵士としての気質が抜けきっていないことを歯痒く感じていた。

北支の日本軍部隊は、中共軍との戦闘で敗れて中共軍に降伏したものではなく、天皇の終戦の詔勅を奉じて中共軍に降伏した部隊である。武装は解除されたが、内面的な軍隊の組織すなわち指揮系統が保持されたままで帰還した部隊といえる。

その部隊と行動を共にして来た彼には、服従を強いられて来た兵士としての気質がまだ抜け切っていないのだ。彼より先に退院して行った元戦友たちにしても同じであったに違いない。

帰還した元将兵は、該当地区復員事務所を通じて、未払いの俸給・帰住旅費・食糧・被服などの支給を受けることになっている。

旅費と必要量の食糧のみを支給して、病衣を着せたまま帰すとは以ての外のことである。旅費と食糧を支給して帰している以上、この病院は復員事務所を代行する施設として、被服などにおいても国から割り当てを受けているのではないだろうか。そうでないとすれば、病院は退院者を最寄りの復員事務所へ紹介すべきではないか！

私と斉藤は憤慨した。自分たちが彼らのように扱われては余りにも惨めである。何とか打解策を講じなければならない。

彼の許を辞去した二人は、早速自分たちの病室に舞い戻って、居合わせた七、八人の者に、北支帰りの彼から聞かされた病院の措置について話した。

すると誰もが「そんな馬鹿なことがあるのか！」「北支の奴らはいったい何をしているんだ！」「病院の言いなりになって来たのか！」などと慨嘆した。

誰もが日本軍の壊滅した沖縄で戦って来た連中である。兵士としての服従心などは既に無い。というよりも、今次大戦における日本軍中枢の識見の無さと、沖縄に対して執った冷酷非道な作戦について、強い不信感と憎悪の念を抱いて来ている。そしてその不信感と憎悪の念が、日本の権力機構すべてへの不信感と憎悪の念に繋がって来ているのだ。その権力機構に連係する病院の措置に誰もが反感を抱くのは当然のことである。

そのうちに席を外していた者も帰って来て皆で話し合った結果、「ともかく我々はこの病院に今日やって来たばかりである。北支から帰って来た奴の一方的な話だけでは充分なことは分からない。一応、病院の様子を観てから対策を講ずべきだ」との結論に達した。

一月十二日（金）快晴

午前中は誰もが病室を離れなかった。

「治療は滅多にやってくれない」といった北支帰りの元兵士の言葉は、私と斉藤の口を通じて誰もが知ってはいたが、「包帯交換は午前中です」といった昨日の看護婦の言葉に、一縷の望みを抱いていたのである。

だが、昼食時になっても包帯交換の看護婦はやって来なかった。

食後、年配の代表一人が事務所へ交渉に出掛けたが、帰って来ての話によれば、係りの職員や看護婦たちから、「創傷処置のことについては何も聞いていないので、今日は出来ません」と言われたとのことであった。体よく追っ払われて来たのである。

皆は憤慨して騒ぎ立てたが、そのうち一人が、「外出でもして気を晴らそうじゃあないか…」と提案すると、誰もがこれに同調して病衣を脱ぎ、また捕虜マーク付きの米軍戦闘服に着替えて、二人、三人と肩を並べて病室を出た。

私も斉藤と一緒にその後に続いた。

外は長閑な小春日和であった。一同は広大な病院の敷地を横切って、年代を経た黒い御影石の大きな門柱の建った裏門から外に出た。

前方には如何にも郊外らしい人家の佇まいが見られた。その周辺にまだ武蔵野の面影を残す野原や、小高い山や林があった。散策するには格好の田園地帯である。一同はそれぞれ組を成して、思いおもいに散らばって行った。

この私たちの行動は、病院に対する当て付けであり、憂さ晴らしでもあった訳である。病院が入院患者の外出を禁止していることは、昨日係りの職員から聞かされたばかりだが、「我々戦傷患者に対する医療処置は、国の医療機関の一つであるこの病院の義務である。その義務を怠るような病院の規則など守る必要はない！」というのが外出した私たちの論理であった。

この論理が、私と斉藤が皆に伝えた北支帰りの話に起因していることは、今更説明を要しないことであるが、私にしても、斉藤にしても、思いは皆と同じであった。「我々が外出することは当然の成り行きである！」としか二人には考えられなかった。

一月十三日（日）快晴

今日は日曜日で病院も休みである。私たちには昨日も治療を受けてはいないという不満もあったが、明日の月曜日を待つことにして、昼食後から誰もが外に出掛けた。

病院の外出禁止の規則など気にしている者は一人もいない。「文句を言ったらやってやる！」喧嘩するまでだというのが皆の一致した意見である。

病院もこの私たちの意図を知ってであろうか、昨日から大勢が外に出掛けているのは分かっている筈だのに、咎めようともしない。

私は斉藤と二人で、病院北方の山手の村落まで足を延ばした。山の麓には処々に防空壕が口を開けていて、戦争中の面影はまだ残しているが、長閑な四辺の佇まいには、どこか故郷の高知市の郊外に似たものがあって、心の安らぐのを私は覚えた。

夜間病室で、毎日新聞に〝日本占領期間について〟の記事が二つ載っているのを私は見た。

一つには、十一日東京入りしたパターソン米陸軍長官が、「将来が決定するであろう」と述べたと記されている。将来とは如何にも遠い感じである。

が、いま一つには、デイリーニュース紙の十一日付け社説に「日本・ドイツ・フィリピンにおける米軍駐屯は、少なくとも二か年は続けられることになろう」と述べられている旨が記されている。

いずれは占領軍も日本から引き揚げるではあろうが、その後の日本は一体どうなるのであろうか…。

マッカーサーは米人記者団との会見で、「日本は四等国に転落した」と語っている。軍備は剥奪され、国土は本州・四国・九州・北海道のみの四島になった。人口は昨年十一月の調査では七千二百万人と発表されていたが、軍人・軍属・一般邦人の海外からの引き揚げはまだまだ続く。

一月十四日（月）晴

昼食時まで病室に私たちは留まっていたが、包帯交換の看護婦はやって来なかった。

今日で三日目である。皆は激昂して、「我々は病院に入院する以上は、充分ではないにしても、それなりの治療は受けられるものと期待してやって来た。それが入院当日、包帯交換をしたのみで、昨日も今日も何の処置もしないとは、これでは全く患者としての扱いではないではないか！」「そうだ。病院は規則々々と旧陸軍病院当時の人権を無視した規則を患者心得として我々に押し付けて置きながら、病院としての義務を果たしてはいないではないか！」「戦争に負けたといっても、ヤンキーの援助も受けている筈だ。医師や看護婦の不足、医療器具、薬品などの欠乏は考えられないことだ！」「そうだ。入院患者過剰のために手が回らぬということも、患者の少いこの病棟から推しても考えられないことだ！」などなど病院に対する不満を並べ立てた。

その結果、「こんな病院にいつまでいたって治りはしない。退院してから各自の帰宅先の国立病院で診て貰った方が増しだ。但し、退院するにしても、従来の病衣を着せたまま帰郷さす病院の措置は納得できない。一般復員兵並の給与を受けて退院さすよう院長（元陸軍軍医大佐河野清吾）と交渉すべきだ」との意見の一致をみた。

そしてその代表を買って出た球部隊（独立混成第四十四旅団）の元准尉田村太平（仮名）が院長との交渉に当たり、その場に全員が立ち会うということになった。

田村は長髪の私たちとは違って、旧軍隊式に頭を丸めた童顔の小男で、年配は三十ぐらいである。彼にしてみれば、大勢で行くことは好まぬようであったが、皆が承知しなかった。

私たちは田村を先頭にして、廊下づたいに事務所の前まで押し掛けた。

ガラス窓越しに、軍服姿の年配の男が六人と、モンペ姿の若い女三人が中に見られた。

田村は私たちを、廊下に待たして一人で事務所に入って行った。

ガラス窓越しに私が一同と見ていると、彼は入口に近い男に会釈した後、一番奥の机に着いている事務長らしい将校服を着た長髪の男の前に近付いて、パッと直立不動の姿勢を取り、上体をぐっと四十五度に傾けて敬礼し、姿勢を崩さず話し始めた。まるで軍隊で上官に申告でもしているような態度であった。

そして間もなく、彼は事務所から出て来て私たちに言った。「院長は不在だそうだ」

「不在?!」一瞬、誰もが不審な顔を見合わせたが、咄嗟に私は〝これは体よく我々を追っ払う魂胆かも知れない。このまま引き揚げては拙い。強硬な態度を示しておくべきだ！〟と考えた。

「田村准尉、あんたは我々の代表だ。このまま退き下がるという法はないだろう。院長が不在ならば誰にでもいい。我々の意向を伝えて置くべきだ！」私は田村を責めた。

「そうだ！」「その通りだ！」と言う声が起きた。

田村は困惑した表情であった。だが、急にきっとなって、「よっし！」と頷いた。

そして再び彼は事務所に入って行った。

しかし腰の弱い代表である。同席すべきだと思って私が彼の後を追って事務所に入ると、皆もつかつかと入って来た。

事務所の者は、始め胡散臭気に咎めるような眼差しを向けていたが、意気込んだ大勢の気勢に圧されて顔色が変わった。

田村は最前交渉した事務長といわれる男の前に出て、「私が代表者として皆の意向を申し上げます」と言った後、〝私たちは、祖国のために沖縄で戦って負傷した者である。だから国には、私たちの負傷を治す義務がある。その国の医療機関の一つであるこの病院は、私たちに対して病院としての処置を怠り、一昨日来、何の手当てもしない。このようなことでは、私たちの負傷は治らないので、私たちは退院して、各自、帰宅先の国立病院で治療を受けることを希望する。但し、この病院の退院患者に対する措置すなわち帰住旅費と食糧のみを支給して病衣のままで帰すという従来のやり方は、私たちには納得できない。私たちも復員兵である。退院する以上は、一般復員兵なみの給与を受けて退院するのが当然だと私たちは信じる。この事を院長に伝えて貰いたい〟と、互いに病室で論議して来たことを纏めて言い立てた。

暫く沈黙が続いた。事務所の者は皆強ばった表情で押し黙っていた。

「返事をしろ！」「返事が出来ないのか！」と誰かが怒鳴った。

するると事務長は起立して、「よく分かりました。院長には必ず報告いたします」と執り成すように力なく応えた。

彼の返事を待つまでもなく、暴徒化した私たちの行動が院長に伝えられぬ筈はない。作戦は効を奏したのである！私は内心ほくそ笑んだ。

その後、病室に引き揚げた私たちは、アルミ製の洗面器や食器などを箸や木切れで叩いて、声を限りに合唱した。最初に口を衝いて出たのは、沖縄民謡『アザトヤユンタ』である。この合唱はいうまでもなく、病院に対する私たちのデモンストレーションであった。

サー
うれし恥かし浮名を立てて
　　　　サーヨイヨイ
主は白百合　ヤレほんにままならぬ
又ハーリヌ　チンダラ　カヌシャマヨ

サー
田草とるなら十六日月夜
　　　　サーヨイヨイ
二人気兼ねも　ヤレほんに水いらず
又ハーリヌ　チンダラ　カヌシャマヨ

洗面器や食器などを叩いての大合唱は、病棟を揺るがし四辺に木霊した。

一月十五日（火）晴

午前九時頃であった。病室へ怯えた物腰で若い看護婦三人が入って来て、私たちの包帯交換をやって行った。

「婦長にいわれて来ました」と、看護婦たちは言っていたが、昨日、事務所へ私たちが押し掛けて、事務長に病院の怠慢な処置を非難し、退院を要求したことが院長に伝えられ、院長から何らかの指示があったに違いない。

だが、私たちの要求を院長がそのまま呑むものかどうかは疑問である。「強引に押しの一手で行くより他に手はない！」と、私たちは話し合った。

昼食後、私たちは院長に面会を強要するため事務所へ押し掛けた。院長に対する心理作戦すなわち嫌がらせである。

折柄、事務所には事務長以下男子職員五人、女子職員三人がストーブを囲んで談笑していたが、私たちが踏み込むと急に顔色を変え沈黙した。

事務長は私たちを宥《なだ》めるように、「昨日、貴方たちが申されましたことは、院長に報告しました。退院の件につきましては、検討するとのことであります。今朝、副院長（元陸軍軍医中佐大川清）の指示で看護婦を伺わせましたが…」と言った。

代表者である田村が、「院長にお目に掛かりたくて参りましたが…」と切り出すと、「院長は貴方たちのことで、復員省へ出掛けております」事務長は応えた。

事実かも知れない。一瞬、田村は口籠ったが、「では、明日参りますので宜しく」と、事務長に有無を言わさず一方的に決めて掛かった。

「……」事務長は当惑した面持ちで頷いた。

しかしまだ嫌がらせて置く必要がある。私は事務長に念を押した。「私たちは院長にお目に掛かるまでは毎日でも出て来ます。そのことを院長に伝えて置いて下さい」

その時、皆から「上州」と呼ばれている前身はヤクザであった山部隊の元一等兵鈴木保正（仮名）が怒鳴った。「どうせ俺たちは沖縄の死に損いだ。命を捨てても惜しくない奴ばかりだということを院長に伝えておけ！」恫喝である。

「……」事務長は憮然とした表情であった。

一月十六日（水）晴

今日も朝九時頃、昨日と同じ看護婦三人が病室にやって来て、私たちの治療をやった。相変わらず彼女たちは怯えていて、治療を済ますと、まるで逃げるかのように引き揚げて行った。

昼食後、私たちはまた事務所へ押し掛けた。事務長は逃げたのか姿が見えなかったが、男子職員二人と女子職員二人がいた。例によって私たちは、「院長面会！」を強要し、暫く事務緒を占拠した。

夜、新聞の共産党声明「天皇の戦争責任を追求する！」を読む。

共産党の声明も解らぬではないが、今更、天皇が戦争の責任を問われることはないであろう。

全てが占領軍司令官マッカーサーの支配下にあるからである。占領軍は天皇の存在を認めることによって戦後処理を手際よく遣って退けた。尤も未だ続いてもいる訳だが、日本軍残存部隊は、天皇の終戦の詔勅を奉じて、悉く対戦して来た相手に降伏したのである。

自分のように沖縄で敗残兵となっていた者にとっても、天皇の終戦の詔勅は、米軍への投降の道を択ばすものであった。

日本の軍隊は天皇の軍隊であった。だから戦争を発動し、指揮したのも天皇である。天皇は国の元首であり、軍の統帥であった。この事を天皇は今どのように考えているであろうか。

※付記

私は沖縄で米軍宣撫班に所属した元日本軍将校二人から、「終戦の詔勅が下っている。軍人としての任務は終わったのだ！」と説得されて米軍に投降した。〝所属していた部隊は壊滅しているが、天皇の名に於いて狩り出されて来た兵である。勅命に従った行為は許される〟と私は考えたのである。しかし天皇を敬う気持ちなどが私にあった訳では無い。

私は一九四二年十二月から、中支の精鋭である歩兵第二百三十六連隊で初年兵教育を受けたが、初年兵たちは、上官が「大元帥陛下」とか、「天皇陛下」とか、「上御一人」とか言う度に、間髪を入れずに不動の姿勢を取ることを強制された。

しかし初年兵たちも、初年兵教育が終わり野戦の生活に慣れて来るにつれて、「大元帥陛下」、「天皇陛下」、「上御一人」を上官が口にしても、整列した部隊の中で不動の姿勢を取る者は、上官の前にいる者だけになっていった。

更に部隊が大きくなった場合はもっとひどくなって、後方に位置した者は誰も不動の姿勢を取らず、「またか！」と苦笑、舌打ちする雰囲気さえそこに漂う始末であった。


私は沖縄守備軍の壊滅（一九四五年六月二十二日）後、南部から北進して中部の中頭郡新垣の山中に暫らく潜伏していたが、そのとき天皇に対する自分の考えを日記に書いて来た。手記『沖縄戦敗兵日記』（太平出版社刊）から引用して置く。以下のとおりである。

八月一〇日（金）雨のち晴風あり

「天皇陛下万歳！」を叫んで死んでいったという将兵たちの話を聞いて、いまさらのように空しいものをわたしは感じる。……とうてい、わたしにはまねのできないことである。

日本国民として、天皇の恩恵に浴さぬものはない、といわれればそれまでだが、果たして天皇の威徳は、そのようなものであろうか。

わたしには、納得できないものがある。……天皇は、わたしにとって余りにも遠く、無縁に等しい存在である。わたしは、この天皇のために、「万歳」を叫んで死ぬという気持ちには、どうしてもなれない。わたしは、天皇よりも、もっと身近な、父母兄弟、親戚知人のいる郷土のため、ひいては祖国のために戦ってきた。そしていまもなおその思いは変わりないものである。

この思いは、わたしのみではなく、「天皇陛下万歳！」を唱える一部将兵たちを除いた、おそらくほとんどの将兵たちの思いではなかったろうか。

一月十七日（木）晴

午前十時頃から、治療室で私たち十三人は、障害程度の査定を受けた。

査定に当たったのは、元軍医と思われる五十年配の医師と、三十歳代の眼鏡を掛けた医師で、これに元衛生兵らしい年配の助手二人が付き従っていた。

私たちは二手に分かれて診察を受けたが、医師の前に出ると、付き従っている助手が、元の官等級と氏名、部隊名、負傷した年月日時とその場所、負傷の部位などを訊ねて記述した。

医師は各自の受傷部位を診察した後、その状態に応じて、屈伸運動や、握力、脚力などの検査を助手に指示していた。

いうまでもなく傷病恩給の等級を付ける検査である。少しでも有利なようにオーバーな表現で応えている者もいたが、検査は順次行なわれ、終わった者は引き揚げて行った。

私は眼鏡を掛けた医師の診療を受けたが、右肩甲部の銃創は、相変らず小豆大の糜爛した肉腫を残していて、右腕の動きも行動に支障を来たすことはない程になってはいるが、左腕同様には肩が痛んで腕が挙がらなかった。右手の握力も、握力計によって左手の握力に近い五十一に下がっていることを知らされた。

医師は私の負傷を、「右肩胛部右肩胛軟部貫通跳弾銃創（肩胛骨々折）」と、助手に記述させていた。

昼食後、全員の査定は終了した。

これで私たち十三人の退院は約束されたことになった。

病院も、連日の私たちの嫌がらせに業を煮やしてのことであろうが、それにしても入院以来六日目である。医師に診て貰ったのは今日が初めてだ。随分、出鱈目な病院の措置というべきである。

後はいつどのようにして病院が私たちを退院さすかということが問題となって協議した。

しかしこの問題は、昼食後間もなく、病室に年配の職員が現われて解決した。「明朝、副院長が皆様方を馬堀（横須賀市馬堀海岸）の復員事務所へ御案内して、復員手続きを執ることになりました」と告げたのである。

一九七四年十月上旬、私は国立大蔵病院に於ける復員当時の自分の記録に就いての調査依頼書を、同病院事務長あて提出した。

翌年一月十日付の回答書に依れば、私は「昭和二十一年（一九四六年）一月一日、横中里陸軍病院から入院し、同月二十日、事故退院した」ということになっている。

だが、私は浦賀上陸後の宿舎となっていた横須賀の元東京湾要塞司令部から、同年一月十二日国立

[証明書]

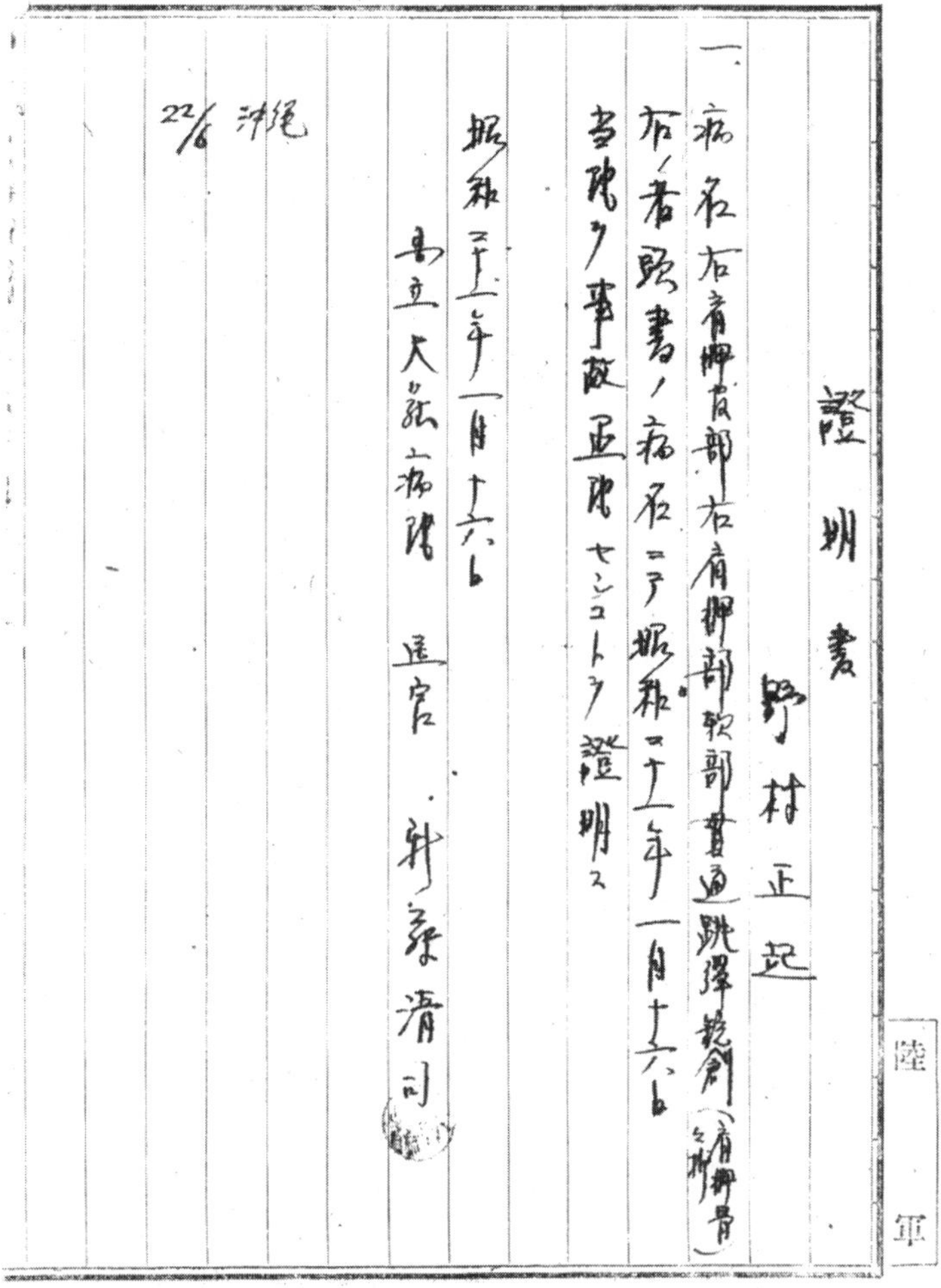
證明書

野村正起

一、病名 右肩胛骨部右肩胛部軟部貫通銃創（右肩胛骨々折）

右ノ者頭書ノ病名ニテ昭和二十一年一月十六日
当院ヲ事故退院セシコトヲ證明ス

昭和二十一年一月十六日

国立大阪病院

医官　針[illegible]清司

22/6 沖縄

陸軍

大蔵病院に入院し、同月十八日同病院を退院した者である。

回答書に於ける私の国立大蔵病院への入退院の日付は事実と違っている。私の退院を事故退院にしたのは、病院の見解であって文句を挟む余地はない。だが、多少の過激さはあったにせよ、血気盛んな時のことである。私たちの行動は正しかったと私は信じている。

※1 敗戦直後の日本人は、おしなべて虚脱状態に陥っていた。戦争中に火の玉のように燃えた日本人の熱気はもうどこにも見られなかった。
敗戦の責任は軍部と軍部に関わりのあった国家上層部の要人らに向けられ、国民はみな騙されていたというのが一般的な声であった。

だが、事実は違う。文化人といわれる人々も多くが軍に協力して活動し、戦意の高揚に資する作品を発表するなどして来た。ごく一部の反戦論者を除く殆んどの国民が、緒戦の勝利に酔って熱狂し、やがて、破局への道を辿って来たともいえるのである。

3 高知

一月十八日（金）晴

朝食後、私たち十三人は各自ナップサックを携行した元の姿で、病棟横手の通路を事務所へ向かって急いだ。

私は跛行する斉藤と一緒に、皆の後から追て行った。

事務所の前方へ全員が到着すると、待っていたかのように事務所の中から、一人の黒いオーバーを着た五十歳ぐらいの眼鏡を掛けた男が出て来た。

彼は沈鬱な表情で私たちに一礼してから、掠れた声で言った。「副院長の大川です。只今から、皆さんの復員手続きを執るため、馬堀の復員事務所へ御案内します」

「……」私たちは無言で副院長を見詰めていた。連日要求して来たことがやっと叶えられる運びとなった感じだが、まだ安心は出来なかった。

「では、トラックを待たしてありますので……」と先に立つ副院長に従って、私たちは正門に向かい、そこに待機していたトラックの荷台に上がった。

トラックは目黒・横浜・横須賀を経て、昼前、馬堀の海岸に近い赤土色の広場の向こうに建つ馬堀復員事務所へ到着した。

トラックを降りた私たちは、副院長の後に続いて事務所に入った。

事務所内には、兵隊服を着た職員七、八人が机に就いていたが、打ち合わせてあったとみえて、奥から一人の将校服姿の年配の職員が副院長の前にやって来た。

副院長は、その年配の職員に私たちを引き継いだ後、「では……」と私たちに会釈して、やれやれといったような表情で急ぎ足に事務所を出て行った。

その後ろ姿を見て、皆がにたにた笑った。まるで「長居は無用！」とでもいった副院長の引き揚げ振りであった。

しかし副院長にしてみれば、元陸軍軍医中佐である。随分いまいましい思いで私たちを連れて来たに違いない。そう思うと、一抹の哀れも私には感じられたのだが、ともあれこれで目的は果たしたのである。

年配の職員は、若い兵隊服姿の職員二人を指示して、私たちを別室に案内し、「長い間、御苦労様でした！」と、改めて私たちを労い、所定の手続き用紙を配って、記載要領を一通り説明した。

それは官等級氏名・所属部隊名・招集年月日・出身地などに次いで、確認した戦死者の氏名・その年月日時刻・場所などを記すものであったが、そのとき年配の職員は、私たちに一階級昇進することを伝えた。

私は上等兵になった訳だが、これが最後に私に与えられた軍隊の階級であった。

手続き用紙への記入を済ました私たちは、兵隊服姿の職員二人から被服の支給を受けることになった。

私は沖縄から着用して来た捕虜マークの付いた青い米軍戦闘服を脱いで、支給された新らしい軍衣を身に着けた。

外套・雑嚢・飯盆・水筒、高知市までの予備食糧として乾麺包一袋も支給された。そして未払俸給と帰還手当を合わせた金額四百余円と、従軍並招集解除（除隊帰郷）証明書・外地引揚証明書なども手渡された。

終わった者は「元気でなあ！」「頑張れよ！」などと声を掛けて、順次、復員事務所を後にして行った。各自の案じている故郷へ帰るため、馬堀海岸駅へ急いだのである。

私と斉藤は、大阪へ帰る三人組と一緒になって、馬堀海岸駅から電車に乗って東京駅へ向かった。車内は割に空いていた。

途中、汐入で電車を乗り換え、やがて東京駅に降り立ったが、その荒涼とした光景に五人は目を奪われた。戦場の荒廃には慣れ切っている身にも、首都の駅であるだけに痛ましく見られた。駅のシンボルであった三角屋根は焼け落ちて、倒壊を免れた赤レンガの壁が、不気味に昔日の面影を留めている。

その構内に犇く乗降客が、まるで避難民の群のように五人には見られた。浮浪者がうろつき、粗末な服装の少年たちが、頻りに新聞を売り歩いていた。

この構内で大阪に帰る三人と私は、北海道に帰る斉藤と別れた。「元気でやれよ！」と、互いに声を交わしたのみのあっけない決別であった。

四人は八重洲口へ出て、居合わせた駅員に〝下関方面行き〟列車の発車時刻について訊ねた。すると駅員は「午後七時十五分発の門司行きがあります」と答えた。

それまで駅で待つのも大変である。「映画でも見ようじゃあないか」ということになって、四人は電車に乗った。

新宿へ出て、日劇の地下へ四人は入った。入場料は一円五十銭であった。場内には溢れるばかりに娯楽に飢えた観客が詰め掛けていた。その人込みの中に潜り込んで見た映画は、憤慨に耐えないものであった。

大庭秀雄監督の『奇劇は終わりぬ』という題名どおりの奇劇であったが、ストーリーは、統制会社の内幕を暴露したもので、戦争中に町内会長を務めた河村黎吉《れいきち》扮する主人公を、敗戦と共に激変した世相の中に嘲笑的に捕えたものであった。

負けた戦争が、恰も奇劇であったかのように描かれているのである。戦争に参加した将兵や協力した市民は、まるで道化のように扱われていた。

戦後の日本人の気持ちは、沖縄の屋嘉捕虜収容所で見た新聞や写真特報などによって心得て来た積りではあったが、目の当たりに見た映画によって私の心は大きく揺れた。

如何に戦争に負けたとはいえ、こんなに早く器用に気持ちが変わるものであろうか。日本人とはこんな人間だったのか！という憤りに次いで、名状し難い淋しさに私は襲われた。

今次対戦は、ＡＢＣＤ包囲陣といわれた我が国への米・英・支・蘭の経済封鎖に対して、止むに止まれぬ自存自衛のための戦いであると共に、古くから欧米諸国の植民地とされて来た東亜の各国を解放して、東亜に新秩序を建設するための戦いでもあると教えられ、そのことを信じて来た我々であった。

［従軍並招集解除（除隊帰郷）証明書］

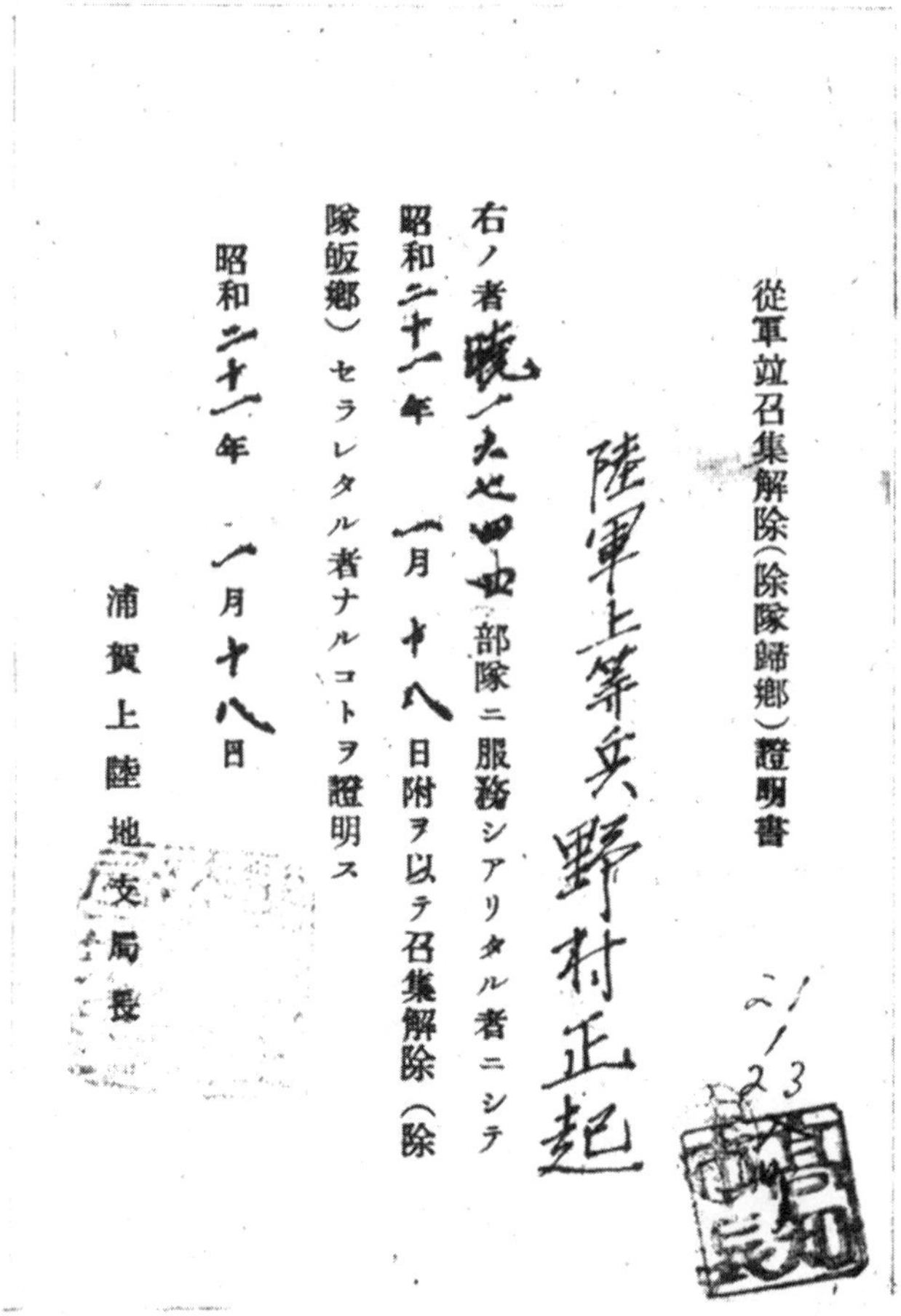
従軍竝召集解除（除隊歸郷）證明書

陸軍上等兵　野村正起

右ノ者曉一六七四〇部隊ニ服務シアリタル者ニシテ
昭和二十一年一月十八日附ヲ以テ召集解除（除
隊歸郷）セラレタル者ナルコトヲ證明ス

昭和二十一年一月十八日

浦賀上陸地支局長

21/1/23

[外地引揚証明書]

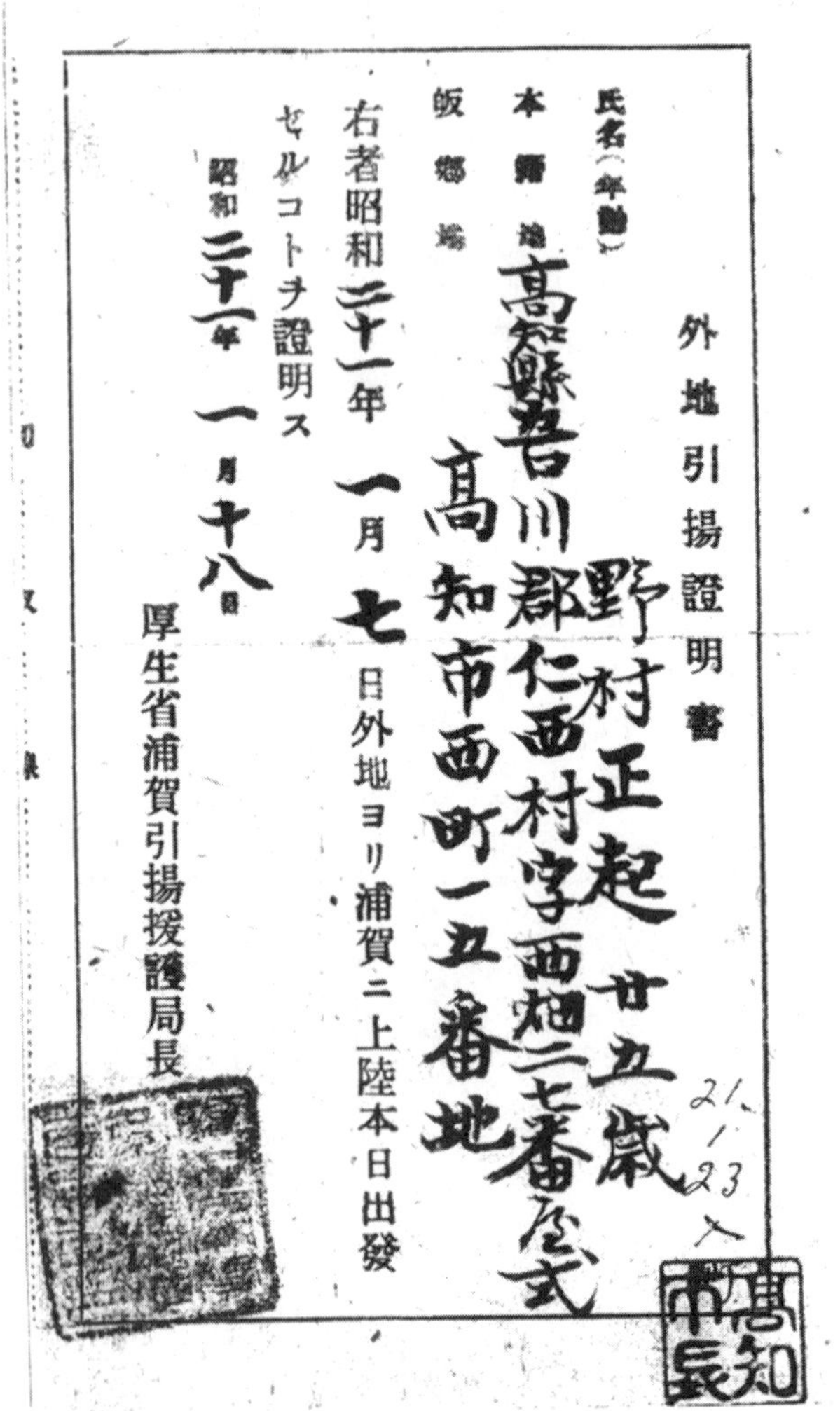

外地引揚證明書

氏名（年齢） 野村正起 廿五歳

本籍地 高知縣吾川郡仁西村字西畑二七番屋式

歸郷地 高知市西町一五番地

右者昭和二十一年一月七日外地ヨリ浦賀ニ上陸本日出發セルコトヲ證明ス

昭和二十一年一月十八日

厚生省浦賀引揚援護局長

21/1/23 入

高知市長

だが、戦いは力およばず敗れた。そして我が国の指導的立場にあった人々はみな戦争犯罪者として勾留され、占領軍によって裁かれている。所詮、人類の世界も力の支配する所である。勝者が自己を正当化するは古来からの習いであるが、いずれが正しかったかは、歴史が証明するであろうと私は思った。

午後六時半頃、私は大阪の三人と八重洲口へ引っ返して来たが、夥しい乗客でごった返している。この混雑の中で、私は大阪の三人とはぐれてしまったが、もともと彼らとは大阪駅までの道連れでしかない訳であった。

やがてホームに〝門司行き〟列車が到着し、殺到する乗客の中に混ざって私は乗車し、東京を後にした。

沖縄で日本軍壊滅後の夜、私と僚友の馳平民三《はせひらたみぞう》一等兵（新宮市）は、高台の上から眼下に群がる敵のテントの灯りを見、付近から流れて来るラジオのメロディーを耳にして、「勝てば官軍、負ければ賊軍」という諺の意味を痛感し、「歴史は勝者によって塗り変えられる」と、沁々と語り合ったことである。今もその思いに変わりはない。

戦争は勝たねばならぬ。しかし、負けても卑屈になるべきではない！再建を期すべきである。

一兵士の我々でさえも、敗れた戦場に生き残って感知したのは、勝者の姿勢と、敗者の立場であった。

今の日本人はその殆どが、敗戦のショックで意気消沈し、虚脱状態に陥っている。

社会では、ジャーナリストや台頭して来た知識人といわれる便乗的な連中が、日本の過去の体制や道義文化などの一切を劣悪と断じて排斥し、勝者アメリカの全てを最高と称える論調が罷り通っている。

一月十九日（土）晴

午前一時頃、小田原を過ぎてからである。私はやっと席に着くことが出来た。そしていつとはなしに眠っていて、目覚めた時には既に夜は明け、汽車は掛川を通過していた。

このとき私は、空腹を覚えるがままに、東京駅で買った一個二円のパンを二つ噛って水筒の水を飲み、腹を充たした。朝食である。駅に弁当は売っていないし、食べ物を買いに車内から出ることも許されないのだ。

列車が大きな駅に停まると、下車する者と乗車する者との間に大混雑が起きる。窓から荷物を押し込んで、その窓から入って来る者もいる。それが若い男ばかりではなく、若い女性もいるのだ。戦前には全く考えられなかったことである。

沿道の都市という都市は、どこも焼け野原と化している。

しかし、京都だけは別であった。ここは山も川も街も、全てが無傷で残されていた。[※1]

大阪・神戸を過ぎて、姫路で日は暮れた。

午後十時頃、宇野に着いた。戦前と変わりない駅の姿であった。

海を渡ればいよいよ四国である。私は夥しい乗客と共に桟橋に出て、高松行き最終連絡船の三等客室に入った。

客室内は一杯の人で犇いていた。若しや誰か高知の知人でもいはしないかと私が辺りを見回していると、「野村!」と、背後から呼ぶ者があった。

振り向くと、四、五メートル先の人込みの中に、森本という小学校の三年先輩が、周囲には不釣り合いな洒落た紺色のオーバー姿でにこにこしながら立っていた。

私は思わず笑顔を返した。

と、彼は連れらしい同年配の豪華なグレーのオーバーを着た男と、強引に人波を掻き分けてやって来て、「どっからもんたら?」と訊ねた。懐かしい土佐の方言である。

「沖縄からです」私は応えた。

「おう、沖縄からか!おんしゃあまっことよかったねや!」彼は感に耐えないといった風に私の両肩を摑んで揺さぶり、私の顔を凝視した。

そして私の肩から手を離した彼は、連れの男に向かって、「こいつは誰でもかんでも喧嘩を吹っ掛けるてんぽう(無鉄砲)な奴じゃった」と言って笑った。連れの男は微笑みながら頷いていた。腕白坊主であった私の少年時代の話である。

彼はオーバーのポケットから、煙草パイロットを出して私に勧め、自分も煙草に火を点けてから、

「おんしんくはやられちょらんぞ」と告げた。お前の自宅は空襲の被害は受けていないぞというのであった。

彼の話によれば、高知市も中心街は殆んど焼け野原となっている模様である。しかし、我が家が無事であるということは、父母の安否は分からぬにしても、私にとって一応安堵すべきことであった。

話し終わった彼は、手帳を出して連れの男と何かの計算を始めた。彼らの粋な服装といい、吹かしている煙草といい、この場に相応しからぬ贅沢な物である。闇商売でもやって儲けているに違いない。〝先輩は子供の頃から人一倍すばしっこい行動を執っていた。闇商売でもやって儲けているに違いない！〟とは思ったが、そんなことは私にとってどうでもいいことであった。

やがて、連絡船は高松桟橋に着いた。

私は二人と一緒に、大勢の乗客に混ざってタラップを降り、駅の構内に入ったが、ここも宇野駅同様、戦前と変わりない佇まいで空襲による被害は見掛けられなかった。

私は二人に促されて特設の待合所に入った。待合所といっても周囲に板を張り付けた粗雑な建物である。

天井に裸電球の灯るその薄暗い内部には、六、七十人の人々があちこちで焚火を囲んで、がやがやと話し合っていた。讃岐（香川県）や阿波（徳島県）の訛りに混ざって土佐の訛りも聴かれた。皆、朝の始発列車を待つ乗客である。板壁の隅の土間には、浮浪者の寝転ぶ姿が幾つか見られた。

私は二人と共に、入口近くの焚火を囲む人垣の中に入って手をあぶった。燃やしている物は、窓枠や椅子などである。付近から掠め取って来たものに相違ない。私はその焚火に、荒廃した社会の一部を見る思いがしたが、焚火の熱気はその思いとは拘わりなく、私の体を暖めてくれた。
「ちょっと行って来るきねや」不意に右側にいた先輩が私の肩を叩いた。振り向くと先輩とその連れは、足早に外の闇の中に消えて行った。

一月二十日（日）曇後細雨

朝五時前であった。昨夜から待合所で焚火を囲んでいた大勢の乗客が、リュックや大きな風呂敷包みを背にしてぞろぞろと外に出始めた。駅員がやって来る前に停車している列車に入って席を取るためにである。

私もおくれてはならぬと皆の後に続いた。改札前に構内の列車へ勝手に乗り込むという行為は、明らかに不法侵入である。しかし先日来の乗客の行動から推して、私には当然のことのようにしか思われなかった。

私は人々の中に混って歩きながら、昨夜待合所で「ちょっと行って来るきねや」と声を掛けて出て行ったきり帰って来なかった先輩たちのことを思い出した。どうせ夜の女にでも会いに行ったであろうが、私にとっては帰還後はじめて出遭った同郷の人間である。故郷のことについては何かと教えられるところが多かった。だが、行動を共にしている訳ではない。自分が先に帰るも、先輩たちが後になって帰るも、お互いに自由であると私は思った。

構内は暗く、駅員もまだ見えてはいなかった。一同は半ば駈けるように歩き始めた。そして我先にと停車している〝土佐久礼行き〟列車に殺到した。

私は前から三輌目の暗い客車の中に入ったが、既に二十人ほどの者が席を占めていた。私は左側座席のガラスの割れていない窓際を探して、皆よりは前の方に腰を降ろした。

やがて車内に電灯が点され、改札口からの乗客が続々と駆け込んで来て空席は占められた。大半の乗客が、リュックや大風呂敷を携行した食糧買出しスタイルであることは、四国も本州も変わりはない。

午前六時過ぎ、列車は高松桟橋を後にし、次の高松駅で停車して、乗客と荷物を満載した。定かではなかったが、列車の窓から私の見たこの駅の姿は、戦前と変わってはいないようであった。間もなく列車は高松駅を出た。高松市街の空襲については知らされていたので、市街の方に私は瞳を凝らしたが、暗くて何も見えなかった。

多度津で夜が明けた。空は曇って、沿線の風景は何か寒々とした感じであった。

琴平から幾つかの駅を過ぎると、列車は山峡の渓谷に沿って、次々とトンネルを潜った。大小百十幾つといわれる土讃線のトンネルである。

汽車は喘ぐように汽笛を鳴らして走った。列車がトンネルに入る度に、破れた窓から煤煙が容赦なく入ってきた。石炭特有の鼻につく噎せるような臭いの黒い煙である。手拭いで顔を拭くと、煤でその手拭いが黒くなった。乗客はまるで穴の中で燻《いぶ》されている狐か狸のようなものであった。

漸く列車は、トンネルの多い山峡を抜けて田園地帯に入った。高知平野の東部（香長平野）である。視界は開けたが、空はやはり曇っていた。

幾つかの駅を通り過ぎて、列車は次第に高知駅へと近付いたが、沿線に空襲の被害はまだ見掛けられなかった。

昼前、列車は高知駅に着いた。私は下車した人々の中に混じって改札口へ向かったが、駅の建物には空襲を受けた形跡は見られなかった。

が、混雑した駅の玄関を出ると、高知の市街が、見渡す限りの焼け野原となって曇天の下に望まれた。

私が先ず目にしたのは、駅の南方一キロの位置に在る直進した道路の果ての登りの坂道と、その坂道の上（堤防）から稍左に折れている潮江橋《うしおえばし》北詰めの手摺であった。

次いで私の目に映ったのは、瓦礫と化した街の西方の南寄り一・五キロの地点に、城山の木立に囲まれて変わりない姿を留めている高知城（大高坂城）だった。

この二つが、何の障害もなく高知駅の正面から見られたのである。

想像はしていたものの惨憺たる光景であった。しかし、このような光景に慣れて来ている私には、別に感慨も起きなかった。が、この時ふと私の脳裏に浮かんだことがある。それは、〝本は読めるだろうか？〟ということであった。市街の殆どが灰燼に帰している今、自分の心を充たしてくれるものは、本より他にないと私は思ったのである。

私は書店の存在を確かめてから、高知城西方に在る我が家へ帰ることを思い付いた。故郷に帰っては来たものの、日本軍の壊滅した沖縄から生きて帰ったということにやはり後ろめたい思いがして、直ぐに我が家へ帰る気持ちにはなれなかった。本屋でも探して回るうちに時間も経ち、そのうちに決心も付くだろうと考えたのである。

日本軍の壊滅した沖縄から生きて帰ったという後ろめたい思いは、復員後しばらくは私の心の底にわだかまっていた、今でも、戦死した戦友たちのことを思えば胸が痛む。

終戦の詔勅が下ってから私は米軍に投降した。だが、捕虜になって帰ることは想像だにもせぬことであった。「生きて虜囚の辱《はずかし》めを受けず」との戦陣訓の一節が、私を責めた。

沖縄戦は、本土の防衛、国体護持のための時間かせぎの捨て石作戦であった。故に守備軍も住民も共に本土からは見捨てられる死地に立たされていたことになる。

沖縄戦での戦没者は、一九八二年四月、日本社会党中央本部機関局から刊行された大田昌秀（元・沖縄県知事）著『沖縄―戦争と平和』によれば、〝沖縄戦での人的損害は、米軍人の戦死者が一万二五二〇人、日本軍の戦死者は、正規軍六万五九〇八人、地元出身兵約二万八〇〇〇人（ただし防衛隊員をふくむ）住民一三万人あまり〟となっている。

特に戦闘は、守備軍が南部に撤退を開始した時点から多くの住民を巻き込み悲惨を極めた。野戦病院の南下に当たって足手まといになる重傷患者には、青酸カリ入りのミルクを与えたり、枕元に手榴弾を置いたり、注射を打って眠らしたりして来ている。

六月十九日に軍は最後の命令を下達している。しかし戦線は混乱していた。所属の部隊に伝達されたものかどうか、一片の記憶も私には無い。防衛庁防衛研修所戦史室著『沖縄方面陸軍作戦』（朝雲新聞社刊）からその軍命令の要点を記せば、「……爾今各部隊は各局地における生存者中の上級者之を指揮し最後迄敢闘し悠久の大義に生くべし」となっている。

だが、実際の軍命令は、「……爾今各部隊は各局地における生存者中の上級者之を指揮し最後迄敢闘し　生きて虜囚の辱めを受くることなく　悠久の大義に生くべし」になっていたということが、生還した高級参謀八原博通大佐の手記『沖縄決戦』（読売新聞社刊）に明記されている。その訳は命令案を見た参謀長（長　勇中将）が、筆に赤インキを浸して「生きて虜囚の辱めを受くることなく」と加筆し、それに軍司令官（牛島滿中将）が黙ったまま署名したのを下達したということになっている。

私は駅前の道路を南に向かって歩いた。もと古本屋が一杯あった帯屋町《おびやまち》へ行けば、焼跡に露店を出しているかも知れない。露店を出していなくても、移転先を標示してあるかも知れないなどと考えたのである。

道路は輪タクが往来し、可成りな人が歩いていた。やはり男は兵隊服姿、女はモンペ姿の者が多かった。

その道路の向こうの播磨屋橋《はりまやばし》交差点を、路面電車が西に通り過ぎて行くのが見られた。トラックも東西に往来していた。

私は播磨屋橋交差点二つ手前の四辻から右に折れて、帯屋町の通りへ入った。

この通りの両側も全てが焼け跡で、大きな古本屋だった『一方堂』も、他の古書店も、どこに在ったのかさえ見当も付かなくなっていた。私の期待していた露店も無く、移転先の標示も無かった。

が、その帯屋町西方の高知城の城山の南麓付近に、かなりの焼け残りの建物が見られた。県立図書館の在った付近である。〝ひょっとしたら図書館が焼け残っているかも知れない〟と思って、私は西に歩いた。

だが、城山の南麓に位置する高知県庁の保修した無様な庁舎の西側に、瀟洒《しょうしゃ》な煉瓦造りだった県立図書館は跡形も無く焼け崩れて、生い茂った木立の中に白けた空間を形造っていた。

折から霧のような細かい雨が降り始めた。

私は歩度を速めて更に西に歩き、北側の焼け残った高知地方裁判所の前を通り抜け、その西側に回って、三叉路の北側に変わりない姿を留めている電気局庁舎のカーキ色の洋館（現在はその跡に高知県庁西庁舎）が建っている）の南側から、西広小路（現在の丸ノ内一丁目）の通りに入った。するとそのカーキ色の洋館の西側に、六十坪（百九十八平方メートル）くらいの焼跡を隔てて書店があった。※2
私は書店の前で足を停めた。間口一間半ほどの古本屋で『平凡堂書店』と看板を掲げていた。私にとっては正に砂漠でオアシスを見付けたにも等しい歓びであった。どんな本があるのかともかく覗いてみることである。期待に胸を弾ませながら私は店の中に入った。

薄暗い店の奥には、主人らしい四十年配のロイド眼鏡を掛けた背広姿の長髪の男が見られた。私は一瞥してから店内を見回したが、書架と土間の台上にかなりの量の図書が置かれていた。

私は東側の書架から本のタイトルを見て回った。私の好む記録的なものから随筆に類したものは少なかったが、豪華な漱石の全集物や、志賀直哉の『暗夜行路』、國木田獨歩の『武蔵野』などがあった。戦争中、国禁の書とされていた部厚いマルクスの『資本論』も見られた。

私は本のタイトルを見るだけでも愉しかった。内容が想像されて、本と自分だけの世界に浸ることが出来たからである。そして数多くの古い図書によって醸し出す古書店特有の匂いも、私にとっては懐かしいものであった。

一時間もいたであろうか、私は『中央公論』の新年号（原価二円五十銭）を一円七十銭で買って、『平凡堂書店』を出た。

雨は止んでいたが、空はやはり暗かった。

私は直ぐに西に在る円満橋の袂から、川沿いの道を西に歩いて、北奉公人町二丁目（現在は上町二丁目）北側の第四小学校の校門の前に出た。私にとっては懐かしい母校である。

その木造建の母校の姿に変わりはなかったが、道路を隔てた南側の人家は殆どが焼け崩れて、焼け残った家がまるで巨大な乱杭歯のように疎《まば》らに見られた。

だが、母校の西の三丁目との境に当たる四つ角付近には、かなりの人家が焼け残っていた。

私は母校の西の角の『ほてい』と看板を掲げた小さな飲食店の暖簾を潜った。ここで一服してから我が家へ帰ることに腹を据えたのである。

店内には、土工風の色褪《あ》せた兵隊服を着た四十がらみの男が一人いたが、私と入れ違いに粕取り焼酎の臭いを漂わせながら外に出て行った。

私はテーブルに着いて、看板そっくりの肥満した禿頭の店の親爺に、一杯五円の天麩羅ウドンを注文した。

出て来たのは、干ウドンを湯掻いたのへ海老の天麩羅が付いたものであったが、味は舌鼓を打つほどのもので堪能した。

私は天麩羅ウドンを平げた後、テーブルの左の端に置かれていた二十日の日付の高知新聞を手に取った。郷土の新聞である。懐かしかった。

一面には食糧危機を何とか突破しようとする政府の食糧管理強化策について、「本末転倒の措置」農民組合、「官僚強権の復活」農業会などの声が載せられていた。

二面には「横浪三里乾拓実現か」と、耕地造成の記事もあった。

新聞小説としては村上元三の『港』が掲載されていた。その下の広告には『宮城千賀子の来演』が私の目を惹いた。会場は朝日劇場であった。

柱時計が午後四時をのんびりと告げてから、私は『ほてい』を出た。前の四つ角には既に黄昏めいた気配が漂い、音もなく細雨が降りしきっていた。人影はまばらであった。その四つ角から西の三丁目は、一面の焼け野原となっている。私は三丁目の通りを西に向かった。

三丁目南側の西の角から東へ向けて広大な敷地を占めていた伯母の屋敷も、見る影も無い瓦礫の広場と化している。伯母たち一家のことが急に私には案じられたが、いま案じてどうなるというものでもなかった。

私は伯母の屋敷跡の西の角から北へ曲がって、約五十メートル先に在る車瀬橋へ向かった。川幅十メートルほどの浅瀬の上に架けられた幅員四メートルばかりの変哲もないコンクリートの橋である。その橋と、橋の北側の道路沿いに密集した古い木造建の家並が、戦争中と全く変わりない佇まいで私の目の前に迫った。

私は橋を渡って、人影の無い川辺の道を東へ歩いた。衝き当たりの粗末な板塀で囲われた南向きの古びた二階建が我が家である。家の姿も、対岸に稲荷神社の杉の巨木を仰ぐ四辺の風景も、出征前と少しも変わってはいない。

私は川岸に面した我が家の稍傾いた鳥居形の門を潜って、玄関脇の東側の内庭に通じる板塀の潜戸の前に近付いた。

屋内には電灯が点っていた。誰かいるとは思われたが、私は断りもせずに潜戸を押し開いて内庭に入った。

案の定、意外に老けた父と母が、土間の上がり口にいて顔を合わした。二人とも古びた着物姿で上がり口に腰を掛けて向き合い、紙巻きの煙草を小型の器具で巻いていたのである。

咄嗟に「正起《せいき》！」と、母は上ずった声を挙げ、土間から転げるように足袋跣で駆け出して来て佇んだ私にしがみ付き、咽び泣いた。

父は「もんたか」と掠れた声で言って、私を凝視した。

「……」私は照れ臭くて、何も言えなかった。母にしがみ付かれた儘、暫し、その場に停っていた。やはり、生きて帰ったという後ろめたさに私は拘泥《こだわ》っていたのである。

※1　後日になって、奈良も空襲の被害を受けていないことを私は知った。奈良も京都も日本の古都である。結果的にとはいえ、二つの古都が、敵機の攻撃圏外に置かれて来たことは幸いであった。

※2　電気局庁舎のカーキ色の洋館については、この年（一九四六年）の一月から占領軍が

占領政策推進のためにここに「高知軍政部」を置いたということを私は後で知った。

だが、この洋館の南側を復員した私が通った時には、既に「高知軍政部」がここに置かれていたであろうか。

おわりに

一九四五年九月十四日に沖縄で米軍に投降した私は、その前日まで手帳に鉛筆で日記を付けて来ていたが、投降後は書くという意欲を全く失って、日記はおろか何も書こうとはしなかった。

しかしその私も、復員船で浦賀へ上陸後は、激変した世相に刺激を受けて、また〝日記を付ける趣味〟が頭をもたげ、ノートに日記を書き付けることになった。

この復員当時の日記に、今秋、補足修正の手を加えて、『復員の日記』と題した訳である。

当時の一面を知って頂く上に於いて、少しでも役立つことになればと願うものである

（二〇〇〇年十月　完）

あとがき

私が沖縄戦での兵士としての体験や、所属部隊の行動を、当時の日記に基づいて書き始めたのは、一九五九年春からであったが、新聞や雑誌に掲載され、本として出版されても来た。

自分の体験が本になった後、元上官からの要請を受けて、私は部隊の始末記にまで手を出すことになったが、取材に十余年の歳月を掛けて漸く上梓することが出来た。

これで沖縄戦に就いての自分の書くことはもう終わったと私は考えていたが、沖縄戦に関連したものを書いた儘でまだ残していた。「沖縄戦遺族の声」を主題にして、これに「PWの記録」、次いで「復員の日記」を付けた三部作である。

いずれも当時の実相を訴えたものであるが、主題の「沖縄戦遺族の声」は、自衛隊の海外派遣が国是となっている現代、遺族の悼み、戦死者の実態を訴えて、改めて有事への覚悟、対応を世に問うものである。

本書の主題「沖縄戦遺族の声」は、部隊の戦没者遺族からの手紙を、遺族の声として纏めたものである。遺族の方々に対し、改めて哀悼の意を表したい。

また本書は、叢文社伊藤太文氏の御厚意によって出版の運びとなったものである。改めて厚く御礼を申し述べたい。

二〇〇二年四月　　野村正起

参考文献

「沖縄方面陸軍作戦」　防衛庁防衛研修所戦史室著　朝雲新聞社
「沖縄戦日誌」　第10軍G２㊙報告書　上原正稔編　沖縄タイムス社
「沖縄―戦争と平和」　大田昌秀著　日本社会党中央本部機関局
「これが沖縄戦だ」　大田昌秀編著　琉球新報社
「船舶工兵26連隊戦闘経過概要」　乾英夫　（未発表）

著者／野村正起（のむら　せいき）

1922年３月　高知市に生まれる。高等小学校卒。
1942年12月　高知歩兵第百四十四連隊補充隊に入営後、中支派遣歩兵第二百三十六連隊に編入される。
1944年５月　和歌山船舶工兵第九連隊補充隊に転属。六月和歌山船舶工兵第二十六連隊に編入され沖縄戦に参加。陸軍一等兵。
1946年１月　復員。
1949年７月　高知刑務所看守拝命。
1980年４月　同刑務所退職。

主な著書に『沖縄戦敗兵日記』『船工26の沖縄戦』他

現住所　高知市九反田10—12

沖縄戦遺族の声

発　行　二〇〇二年八月一五日第一刷
著　者　野村正起
発行人　伊藤太文
発行所　株式会社叢文社
東京都文京区春日二—一〇—一五
〒一一二—〇〇〇三
電話　〇三（三八一五）四〇〇一
印刷・製本／三松堂印刷株式会社
定価はカバーに表示してあります。
乱丁・落丁についてはお取り替え致します。

ISBM4-7947-0415-1